僕たちはヒーローになれなかった。

葉田甲太

We are all heroes.
僕たちはみんなヒーローなんだ

What did you want to be, when you grow up?
大きくなったら何になりたかったですか？

We
meet various
people.

僕たちはいろんな人と
出会います

We can do anything with friends.
仲間と一緒ならなんでもできる

What are you working for?
あなたは何のために働いていますか？

This is what we are working for.
これが僕たちが働いている理由です

プロローグ

僕は小さい頃、ヒーローになりたかった。
小学校低学年の時、国境なき医師団として働くお医者さんたちをテレビで見た。
僕にはヒーローに見えた。
誰かのために働いている姿がかっこよかった。

だけど、20歳になるまで、人に自慢できたことも、1等賞を取ったことも、人と違った行動をしたこともなかった。

2004年、1年間の浪人の末、なんとか東京の大学に入学し、地元の兵庫から上京した。

2005年、大学2年生の時に、渋谷の郵便局で1枚のパンフレットを目にした。
「150万円あればカンボジアに小学校が建ちます」

なんだかワクワクした。
人生を変えてくれそうな気がした。

パンフレットを手に取り、帰り道、早速友達にメールを打った。
「みんなでカンボジアに学校を建てよう」

仲間を募り、協力し合って、150万円を集め、
2006年、カンボジアのコンポントム州に学校を建てることができた。

プロローグ

学校の開所式に行くと、子どもたちの笑顔がまぶしかった。
その経緯を綴った『僕たちは世界を変えることができない。』（小学館）は2011年に東映で映画になった。
奇跡だった。その頃、僕は大学を卒業した。

本が累計10万部を突破して、映画も大ヒットして、主演の向井理さんたちにも会えた。テレビやラジオなどたくさんのメディアからインタビューを受け、今でもライブで泣いてしまうぐらいに大好きな銀杏BOYZの峯田和伸さんと対談もした。
「葉田さんに会いたいです」という連絡をもらって、日本全国で講演もした。
あちこちでちやほやされていた。

有名人になったみたいだった。
ただただ調子に乗っていた。
僕はもしかしたらすごい人なんじゃないかと思っていた。

――そして今。

医師になった僕は、毎日忙しくて、目の前の仕事をこなすことで精一杯。
先輩には毎日怒られていた。
クズな医師だった。
それでも講演会に呼ばれていたし、テレビにも時々出ていたので、変わらず調子に乗っていた。

小学校を建てた責任があるので、僕はカンボジアへ通って、
継続支援を続けていた。
といっても、1年に1回がやっとだけど……
2014年2月に小学校を訪れた際、村長から数日前、生後22日目の赤ちゃんが肺炎で亡くなったことを聞いた。
赤ちゃんのお母さんが、お墓の前で泣いている姿を見た時、
「かわいそうだなー」と思ったと同時に

「でも、僕には何もできないしなー」

と思った自分にびっくりした。

ポキッ

心が折れる音が聞こえた。

泣いているお母さんを目の前にして、
僕は呆然と立っていることしかできず、
一言も彼女に声をかけられなかった。

あんなに必死こいて小学校を建てたのに、
1人の赤ちゃんの命さえ救えない。
そこで僕はようやく気づいた。

何を浮かれていたんだろう。

僕は憧れていたヒーローとは程遠かった……

カンボジアから日本へ戻り、また元の生活に戻った。
相変わらず仕事に追われ、カンボジアで出会ったお母さんのことも思い出さなくなっていた。
目指していたはずの国際協力の世界にいくには、キャリア争いに勝っていかなきゃいけないと聞き、
収入やキャリアに目が眩んで、ボランティアよりも行政機関に就職することを考えた。

カンボジアへの継続支援もあと1〜2年でやめよう。
もう十分だろう。
僕はすごくないから。
世界にすごい人はたくさんいるから。
僕がする必要もない。

だけど、心はモヤモヤしていた。
このままでいいんだろうか……

本当は何をしたかったんだ？

僕は29歳になっていた。

プロローグ ……………………………………………… 8

はじまりのはじまり

闇の中の光 …………………………………… 18
人と比べる幸せはやめたんよ ……………… 22
どうして行動できないんだろう？ ………… 29
結局、僕はつらいことから逃げていたんだ … 36
やりたいことは必ずできる ………………… 43

やっぱり
人生は一度きり

２年ぶりのカンボジアへ ……………………… 50
22日間の人生 …………………………………… 56
僕は死ぬ前に何を思うのだろう ……………… 63
年齢なんてあってないもの …………………… 67
飛び込むからこそ道が拓ける ………………… 71
夢と現実のギャップ …………………………… 74
小さいことでも誰かを笑顔にできた ………… 79

離島の女子中学生が
教えてくれたこと

最果ての島へ …………………………………… 86
君の夢が叶いますように ……………………… 91
働く幸せって何っすかね ……………………… 96
諦めることをやめた …………………………… 101
悩みながらも病院建設へ ……………………… 106

第4章 カンボジアの僻地に病院を建設し、8000人の命を守る

まずは現地の視察から ………………………… 112
ここにも救えなかった赤ちゃんの命があった …… 116
仲間がいないとはじまらない！？ ……………… 118
救世主がやってきた ……………………………… 121
クラウドファンディングがスタートした ……… 125
１人では何もできなかっただろう ……………… 130

第5章 笑顔の開院式へ

未来は今 …………………………………………… 136
病院建設で伝えたかったこと …………………… 138
僕たちは何のために働いているんだろう ……… 148
ふたたび建設した小学校へ ……………………… 156
天国の赤ちゃんへ ………………………………… 158

もくじ

エピローグ	164
あとがき	167
Thanks	170
参考資料・参考URL	171

はじまりの
はじまり

闇の中の光

カンボジアで生後22日目の赤ちゃんを亡くしたお母さんと出会ってから、8か月が経った2014年10月。

僕は目の前のことに必死だった。
ただただ仕事に明け暮れていた。

ある日、知人から「熊本の大学で、アフリカのスーダンで活動されている川原先生の講演があるんだけどどうですか？」と誘われた。

川原尚行先生は、外科医として臨床を積んだあと、外務省の医務官としてスーダンに赴任された人だ。
スーダンの現状に触れたことで、現地の人のために何かしたいと、安定した職業の医務官を退職して、NPO法人ロシナンテスをはじめた。
僕は川原先生をテレビで拝見したことはあったが、会ったことはなかった。

講演会の間中、川原先生やNPO法人ロシナンテスの方たちの活動がスクリーンに映し出されていた。診療の様子、井戸や学校の建設、そしてスーダンの人々の笑顔。
映し出された光景は、小さい頃に憧れていた国境なき医師団に、なんだか似ていた。
何より、50歳になる川原先生が、とても楽しそうに夢を語っていたのが、僕には眩しかった。

大人になり、世の中の現実に触れ、小さい頃に抱いた「人のために何かしたい」という夢や憧れは、どんどんしぼんでいった。将来を現実的に考え、行政機関に就職するために大学院への進学を目指していた。
それは、人のためというより、完全に自分のキャリアを考えてのことだった。

講演会のあと、僕は川原先生に話しかけた。
行政機関に行こうと思っていることやボランティアを続けるべきか悩んでいることを話すと、川原先生はこう言ってくれた。

「葉田くん、スーダン来てみる？」

この一言から、僕の人生は大きく変わっていった。
世間体や収入、キャリアなどを気にして、人生に迷っていた僕にとって、川原先生は進む道を照らしてくれる「光」のような存在だった。

【スーダン基本データ】

国名 　　スーダン共和国
　　　　（The Republic of the Sudan)
首都　　　ハルツーム
面積　　　188万km²（日本の約5倍）
人口　　　4,053万人
言語　　　アラビア語　英語　ヌビア語
日本との時差　-7時間
1人あたりの国民総所得　2,380ドル
平均寿命　64歳
識字率　　54%
乳児死亡率　45人/1,000人あたり
5歳未満の死亡率　65人/1,000人あたり
妊婦死亡率　311人/出生10万人あたり

・地方都市では、医師や医療従事者の不足、医療機器のメンテナンス不良など数々の問題がある
・首都ハルツームには、富裕層や外交団向けの私立病院が数施設ある
・国公立病院の受診料は安価なため、貧困層の受診者であふれかえっている

人と比べる
幸せはやめたんよ

夢や目標に向かって生きるというのは、どんな生き方なんだろう。
それには、やっぱり特別な能力や才能が必要なんだろうか。

2010年、テレビで川原先生の活動が映し出されていた。内戦後のスーダンに赴く川原先生の姿を見て、僕は単純にすごいなーと思った。

だけど、川原先生のように収入やキャリア、身の安全を投げ捨てても活動を一生続けられるだろうか……いや、僕には無理だ。コンビニの大盛りペペロンチーノを食べながら、ため息をついた。

あれから5年経った2015年、僕は3泊5日の弾丸ツアーで**川原先生とスーダンに行くことになった。**
まず思ったのは「スーダンって、どこ？？」ってことだった。

高校生の時に地理で100点満点中7点を取った僕だけれど、アフリカということはかろうじてわかる。
インターネットで調べてみると、スーダンはアフリカ大陸の右上のほうにあり、エジプトと紅海と接していた。

スーダンにはドバイ経由で向かった。そこで川原先生と合流して、スーダンのハルツーム空港に入った。
僕たちが空港から出ると、川原先生の息子さんの健太朗くんと彼の大学の先輩である銅治勇人くんが出迎えてくれた。彼らも

川原先生の活動を見学するためにスーダンに来ていたのだ。
みんなで車に乗り、NPO法人ロシナンテスの事務所まで向かう。車内から、首都ハルツームの町並みを眺めた。
水道も電気も整備されている、ATMも、ショッピングモールも、大きな病院もある。
スーダンは発展途上国だが、そのことを忘れそうなほど首都は栄えていた。
一方、地方都市では、水道も電気も整備されていないと、川原先生が教えてくれた。

スーダンのハルツームの街並み

はじめて眺める景色に興奮しつつ車に揺られていると、空港から30分ほどで、ハルツーム市のリヤドという比較的裕福な地域にある事務所に着いた。
スタッフの方に挨拶し、日本から持ってきたソーメンをみん

なで食べた。スーダンは気温が常に30度を超えるので、日本で食べるより８倍は美味しかった。

おいしすぎるソーメンを食べたあとには、ミーティングが開かれ、NPO法人ロシナンテスが行っている母子保健事業や教育事業、スポーツ事業について話し合った。

１時間のミーティングのあと、みんなでお茶を飲みに行くことになった。
コーヒーや紅茶、カルカデと呼ばれるハイビスカス・ティーを売っている露店(ろてん)でそれぞれお茶を選び、道端に腰掛け、みんなで飲んだ。

飲み物などを売っている露店

辺りは夕陽に包まれていた。
事務所まで歩いて帰る時、「川原先生、ちょっと聞いてもいいですか？」と声をかけた。
「葉田くん、先生というのは、もうやめよう。川原さんって呼んでくれ」
と言われた。この時、なぜ「川原さん」と呼ばせたのか理由がわからなかったが従うことにした。

「川原先生……じゃなくって川原さん、なんでこういう活動をされているんですか？」

川原さんは間髪いれずに答えた。
「俺はね、ドキドキしていたいんだよ。不謹慎かもしれんけど、こうやって活動することで、笑ってくれる人がいる。それがとても嬉しいんだよ」
その一瞬で返された答えに、なんだか驚いてしまった。

「川原さん、失礼なことを言ってすみません。僕も人の笑顔を見られたら嬉しいです。僕が今、川原さんのように、収入を捨てて、無給でNPO活動をはじめたとして、1〜2年は頑張れると思います。でも、10年もすれば、お金を稼いでいる人が羨ましく思えたり、やめたいと思ったりするかもしれません。川原さんは、そういう風に思ったことはないんですか？」

微妙な質問だと思ったけれど、単純に聞いてみたかったことをストレートに聞いてみた。
川原さんは、また間髪いれずに答えてくれた。
「人と比べることはやめたんよ」
歩きながら、その次の言葉に、全神経を集中させた。

第1章 はじまりのはじまり

「たしかに、友達にはたくさん稼いでいる人もいる。教授になった人もいる。でもね、もう、**人と比べる幸せはやめたんよ**。お金は大事やけど、ある程度稼ぐとそれ以上に稼いでも、比例して幸せにはならないんよ。今はこうやって活動しているのが、俺の幸せなんよ」

その言葉を聞いて、次の質問が出てこなくなった。
川原さんは、笑顔で、まっすぐ僕の目を見て、答えてくれた。
そんな彼は、言葉通り「幸せ」そうに見えた。

帰り道、通行人が一斉に、同じ方向を向いて、お祈りをはじめた。イスラム教では、1日に5回メッカのほうを向いて祈る。そのお祈りの時間だった。

イスラム教徒の方々がお祈りする様子

移動時間が長く、疲れていたので、僕は事務所に着くと、シャワーを浴びずに、ベッドに飛び込んだ。
「俺はね、ドキドキしていたいんだよ。こうやって活動することで、笑ってくれる人がいる。それがとても嬉しいんだよ」
今日、川原さんに教えてもらったことを思い出していた。

ドキドキするから

ワクワクするから

学生までは若さと勢いで行動できた。大人になっても行動する理由は、ドキドキやワクワクで、本当はいいのかもしれない。
やりたいことをやる。好きなことを一生懸命やる。むしろ、それだからこそ、よかったんだろう。

「幸せだなー」と、ふと思う時の僕は、誰かに「ありがとう」と言われたり、好きな人と手をつないだり、できないことができるようになったり、家族と公園を歩いたり、いつもお金がそんなにかからないことをしている時だった。

川原さんのように、大人になっても、人と比べず、ドキドキすることや自分の決めた幸せに向かって生きてもいいのかもしれない。
輝かしいキャリアよりも、やっぱり僕は、海外でも日本でも、医療の届きづらいところで、目の前の人のために、何かしたい。

そんなことを思いながら、灼熱の中、パンツ1枚で眠りについた。

どうして行動できないんだろう？

第1章 はじまりのはじまり

あつい、暑い、熱い。
今まで経験してきた朝の温度じゃない。
僕は汗だくで目が覚めた。

スーダンでは、午前4時でも室内は軽く30度を超えてしまうらしい。
もはや、外で寝たほうが、風もあって涼しくて気持ちいいかもしれない。
汗だくのまま、1階に降りて朝ごはんを食べた。

今日は、川原さんが支援されているガダーレフ州シェリフ・ハサバラ村に行く。村までは片道7時間かかるそうで、午前5時に事務所を出発した。

ハルツームを出ると砂漠が広がっている

事務所から1時間ほど走ると、景色は一変した。
近代的な建物はなく、見渡す限り、砂漠が広がっていた。
デコボコ道をひたすら車で走り、目的の村に到着した。

今から8年前、川原さんは、医療関係者がいなかったこの村でガダーレフ州の保健知事の要請を受け、1人で診療を開始した。

医療支援を進める中で、不衛生な水が原因で下痢を起こしている子どもが多いことに気づいた。
村に井戸はあったが、パイプや貯水タンクの汚れがひどく故障することも多かった。そのため、ナイル川から直接、水を飲んでしまい、慢性の下痢や感染症が引き起こされていたのだ。

その状況を解決しようと、川原さんは医療支援だけでなく、井戸の支援も開始したのだと言う。現地に管理委員会をつくり、修理費などの徴収も住民主体で行うようにした。

綺麗な水が飲めるようになると、川の水を飲む人が減り、下痢や感染症が治まった。綺麗な水は、どんな医療にも勝るのだ。

さらに、NPO法人ロシナンテスは母子保健事業もはじめた。
スーダンでは、出産する際、医療教育を受けていない伝統的産婆（Traditional Birth Attendant：TBA）が立ち会い子どもを取り上げるケースが多い。
彼女たちは、へその緒を清潔でない竹の串で切断するため、赤ちゃんが臍帯炎（へその緒の炎症）を起こしたり、新生児死亡や妊産婦死亡につながると言われる。ちなみに、世界で

第1章 はじまりのはじまり

綺麗な水に喜ぶ子どもたち

生まれた約1億4,000万人の赤ちゃんの内、100万人が出産当日に亡くなっている。
きちんと医療教育を受けた助産師さんが、適切な処置を施すなど、基礎的な医療サービスがあれば、約40％の赤ちゃんの命を救えるとされている。

NPO法人ロシナンテスは、助産師さんの介助がある出産を促進し、2012年にはこの村で妊産婦死亡ゼロを達成した。
また、優秀な助産師を育てるための学校も設立した。
このことによって、もっとたくさんの赤ちゃんたちが助かるはずだ。

川原さんは、2011年に起きた東日本大震災の時も、被災地に赴き支援されていた。
目の前で困っている人がいれば、その人に寄り添い、何かできないかと今まで進んでこられた。

きっと、川原さんは、たくさん亡くなっていく命を見過ごすことが嫌だったんじゃないかと思う。
だから、肩書きを捨てて、１人でこの村に来て、何かできないかと毎日毎日診療したり、井戸を改修したり、村の人たちと話し合ったりしてきたのだろう。

その日、僕たちは村長の家に泊めていただいた。室内は暑いから、みんなでベッドを外に運んで、外で寝ることになった。
携帯電話もポケットWi-Fiも圏外だった。

外のほうがむしろ涼しい

ベッドに寝転がりながら、外でみんなと話していると、空が暗くなってきた。
この村には、街灯がないので、あっという間に暗闇が広がっていく。
上を向くと、ダイヤモンドを全体に散りばめたような星空が広がっていた。

なんだか、十分な気がした。

僕が生まれてから日本で戦争は起きていない。
水道をひねれば、いつも綺麗な水が出てくる。
綺麗なトイレがある。
病気になったら、近くに病院がある。
中学校までは誰もが通える。

第1章 はじまりのはじまり

お腹が空いたら、松屋にすぐに行ける。
何より、生きている。
朝が来てくれる。
自分は今まで、そばにある当たり前の「幸せ」をどれだけ見過ごしてきたんだろう。

こんなにたくさんの「幸せ」があったはずなのに、どうして僕は行動できないんだろう。
戦争がなくて最低限の衣食住もある。だったら、自分にとって本当に大切なこと以外は、捨ててもいいんじゃないだろうか。
実は、そのほうが人生を豊かにしてくれるんじゃないだろうか。

プラネタリウムのような星を見ながら、川原さんがふとした時に言われた**「まずは自分のやれることをやりなさい。そのあと、みんなの力が集まればすごい力になるから」**という言葉をかみしめながら、眠りについた。

伝統的産婆（TBA）について

伝統的産婆とは、地域で出産を手助けする女性や自分の出産や見習いを通して技術を身につける人のこと。一般的に40歳以上の女性で、その地域に住む（地域から選ばれた）母親。
医療教育を受けた助産師とは違い、観察や経験を通して出産に関する技術を身につけていく。

第 **1** 章　はじまりのはじまり

結局、僕は
つらいことから
逃げていたんだ

朝、目が覚めた。
口に砂がじゃりじゃり入っている。
遠くで砂嵐がドン引きするぐらい舞っている。
ベッドから起きると、口だけでなく全身砂まみれの自分に気づいた。全身の砂を払って、スーダンの朝ごはんの定番である甘い紅茶と砂糖がかかった甘いドーナツを食べた。
朝から、みんなで食卓を囲んで話すのが、スーダン流だ。

スーダン流の朝ごはん(甘い紅茶と甘いドーナツ)

朝ごはんのあと、元気MAXな村の子どもたちに見送られ、車に乗り込み、僕たちはハルツームに向けて出発した。

現地の方の住まい

帰り道、川原さんが支援している地域の保健ボランティアの方々に夕食のご招待を受けた。
保健ボランティアとは、その地域や村から選出され、ワクチンの推進をしたり、結核の患者さんを見つけてきたりと、看護師や医師と同じように、地域の健康、特に母子の健康を守る役割を果たしている人たちのことで、村の人々にとってとても重要な存在だ。

彼らがつくってくれていたキスラとムラー（キスラは、ソルガムという穀物を発酵させてつくられる主食のこと。ムラーは、オクラなどをベースとして煮込んだスープのようなも

の）をいただいたあと、タンブールというイスラム圏の弦楽器と３つの太鼓を１つに縫い合わせたドラムを使って、即席のライブが行われた。

最初は、座って聞いていたが、だんだん、川原さんや健太朗くんが、音楽に合わせて動物の真似をしはじめた。それを見ていた地域の保健ボランティアの方々やそのご家族、友人は爆笑していた。

そのうち、照れていた地域の保健ボランティアの方々も音楽に合わせて歌い、踊りはじめた。どんどんその輪は大きくなり、騒ぎを聞きつけた近所の方も飛び入り参加していた。
しまいには、ご近所のおじいちゃんが、「ゼルダの伝説」に出てきそうな剣を振りかざしながら、踊りだした。
言葉も通じないのに、みんながこの時間、楽しさを共有していた。音楽やダンスは国境を越えていたのだ。

狂乱の宴は、２時間近く続いた。
みんな汗だくになりながら踊り、笑い続け、変な一体感が生まれていた。

最後に、川原さんが締めの挨拶をされた。
「みなさんと一緒に踊りながら、医療というものを考えました。**医療とは、歌い、踊り、笑うことだと思いました。**戦争がないことも、こうやって一緒に食事をして、友好を深め、この地域の健康を守っていくことも医療だと感じることができました。今日はありがとうございました」

歌って、踊って、笑ってもある意味、医療なんだ

「戦争がないことも医療」という言葉が、頭に残った。

昔、お医者さんになれば、聴診器1本で人や村を救うヒーローになれると僕は信じていた。
だけどそれは思い上がりだと気づいた。

近くにお医者さんがいても定期的に薬の配給がなければ治療もできない。病院があっても、お金がなければ基本的には受診できない。
看護師さんや助産師さん、臨床工学技士（ME）さん、事務の方、清掃の方など、たくさんの方がいなければ、病院は機能しない。

川原さんが言うように、治療して救えたとしても、戦争で負傷してしまったら、元も子もない。
もし僕らにできることがあるとすれば、現地の人が、現地の人を助けられる仕組みをつくり、長期的にサポートすることなのかもしれない。
それには、地域の保健ボランティアは、とても重要な存在で、彼らと、こうやって一緒にご飯を食べて、笑い、バカみたいに騒ぐのも、聴診器を胸にあてるぐらい大切なことなんだろう。

盛り上がった宴の名残を惜しむ間もなく、汗だくのままハルツームの事務所に帰った。
僕たちは車を降りるなり、すぐに汗を乾かすために屋上へ上った。屋上からは、砂嵐と街灯の明かりに包まれたハルツームの幻想的な景色が見えた。

僕は屋上で考えていた。

たくさんのリスクがある中で、なぜ行動するのだろう？

「困っている人を笑顔にしたい」

中2病を超えて、もはや小3ぐらいの答えだったけれど、50歳の川原さんが言っていたのだから、それが答えなんだろう。
そんな子どもっぽい思いが、実は1番大切なんだろう。

社会人になって、自分よりすごい人がいくらでもいることを知った。
自分は特別な能力のない凡人だと知った。

**夢や希望があって、実現するために手段があるはずなのに、
段々と手段が目的になっていった。**

行政機関に就職するためには、外務省のJPO派遣制度を受けたほうがいい。海外の大学院に行って公衆衛生学の修士（MPH）を取ったほうがいい。TOEFL®は110点以上取ったほうがいい。
そんなことばかりに意識が向き、大事な時間を費やすようになり、いつしかこのこと自体が目的になっていた。本当は夢や希望を実現するためのものなのに……。

ワクワクすることをやる？
やりたいことをやる？
収入やキャリアはどうする？
才能や能力がない場合はどうするの？
結局すごい人がすごいことをしているだけで、僕には成功する保証もない。
夢なんてほとんど叶わない。
自己啓発の本を読んだり、セミナーを聞いたりして熱くなっても１週間も経てば嫌になって、諦めてしまう。

社会人になって、学生の頃のようながむしゃらさもなくなった。
行動しない理由やできない理由をたくさん並べるようになった。

もう大人だから。
もう社会人だから。

結局のところ、大人や社会人という立場を隠れ蓑にして、自分の弱さと、しょぼさを隠したいだけだった。
書いた本が映画になって、調子に乗って、浮かれていた。
だけど、何もできていない中途半端な醜い自分が、本当の自分だった。

屋上でみんなとともに

やりたいことは
必ずできる

「葉田さん、ご飯ですよ〜！」という健太朗くんの声で起きる。今日でスーダンとはお別れだ。
朝ご飯を食べたあと、丸2日間、シャワーを浴びていなかったので、事務所内にあるシャワー室に向かった。
健太朗くんと銅冶くんがシャワー室に来て、あーだこーだ言っている。
バカだなーと思う。
だけど、そんなバカな人が、僕は大好きだ。

帰りの飛行機に乗るため、川原さんに空港まで送ってもらうことになっていた。
だけど、帰り支度を終えて外に出てみると、何も見えない！？
砂嵐で、前方数mでさえ、まったく見えない。
飛行機が飛ぶかどうかわからなかったが、一応、荷物をまとめて空港に向かった。

なんとか空港に着くと、建物の中に入れないほどの乗客でごった返していた。空港のスタッフに聞いても、そっけなく対応され、今がどういう状況か、何時間遅延するのか、フライトが欠航になるのかさえも、教えてくれない。
「今日、仕事で帰らなきゃいけないんだ！」と訴えても「インシャッラー（神のみぞ知る）」の一言で、たしなめられてしまう。

結局、予定していた飛行機は欠航して、乗れなかった。

どうしようもないので、神の思し召(おぼ)しのままに、川原さんと事務所に帰った。

車の中で、「川原さんは、いつも笑顔で、活動的ですごいと思うんですが、悩むことはあるんですか？」と僕は質問した。
川原さんは優しく答えてくれた。
「葉田くん、やばいんだよ。いろいろと悩みがあって」
予想外の答えだった。

「な、何がやばいんですか？　こうやって、実績を出して、多くの人の憧れになっている。十分すごいじゃないですか」
「そうなんだけど、いろいろガーッとやってきたら、財政がやばいんだよ」
「マジですか？」
「マジ、マジ」
川原さんは、半分笑っているが、半分真剣な顔だった。

たしかに、当時のロシナンテスは、2期連続の赤字だった。2014年は、支出が1億5,400万円、収入は1億3,000万円で、3,000万円近い赤字となっていた。

「川原さん、解決策はあるんですか？」
「今のところない！　やばいんだよ」
「とかいって、本当は何かあるんじゃないですか？」と僕が冗談っぽく聞くと、「いや、本当にないんだよ！」と川原さんはきっぱり答えた。
「マジですか？」
「マジです」

自信を持って解決策がないと言い切る大人をはじめて見た。

きっと川原さんは、解決策がないままこうやって進んできたのかもしれない。

目の前の人に何かできないかという思いだけで、リスクを取り、行動し、躓（つまず）きながら、誰かの心を打ちながら、誰かの力を借りながら、誰かのために進んできたんだろうと思った。

次の日には、砂嵐がおさまり、僕は無事に飛行機に乗ることができた。
飛行機の中で、川原さんに言われたことを考えていた。

「俺はね、ドキドキしていたいんだよ。こうやって活動することで、笑ってくれる人がいる。ただ、それがとても嬉しいんだよ」

学生の時は、ワクワクすることやドキドキすることを素直にできていた。だけど、社会人になって、いつまでもそんなことはできないような気がしていた。

それでも、ワクワクすることは、学生の時から変わらなかった。
医療の届かない地域に医療を届け、人の幸せに貢献したい。
社会人になっても、最悪の失敗に対する覚悟を決め、ワクワクを追い求めて、スキルを身につけ、責任を全部自分で取り、やりたくないことも調整すれば、必ずやりたいことはできる。

それまでの工程が辛くて、ずっと言い訳ばかりして逃げていたんだ。
保身に生きるのではなく、医者として、人間として、何ができるか考えながら、昔の夢だった現場に挑戦してみよう。

情熱だけでは成功はしないけれど、才能がないなら、最後は情熱を持って行動するしかない。
だから、社会人になってもガムシャラに行動すればよかったんだ。

大人になるところは大人になって、子どものようにワクワクしながら、現実に何度でも挑んでみよう。
そんなことを帰りの飛行機で誓っていた。

スーダンから帰る飛行機の中で

Note
川原さんから学んだこと

- 大人になっても自分が「ドキドキ」「ワクワク」することを追いかける

- 幸せは人と比べることで感じるのではなく、自分で決めるもの

- 行動する理由は、「やりたい」「好き」などシンプルでいい

- 本当に大切なこと以外は、捨てていい

- まずは自分ができることをする

- 行動していたらみんなの力がだんだん集まる

- 手段と目的がわからなくなったら、一度立ち止まってみよう

- 迷ったら憧れの人を参考にする

- 社会人になって仕事に追われて時間がなくても、だから、社会人になってもガムシャラに行動すればよかったんだ。最悪な失敗に対する覚悟を決めて、やりたくないことも調整すれば、必ずやりたいことはできる

悩んでいたけれど、踏み出すための準備だったのかな

やっぱり
人生は一度きり

2年ぶりの
カンボジアへ

川原さんに出会い、僕自身にワクワクすることは何かを問いかけると「医療の届かない地域に医療を届けること」が素直に昔からやりたいことだった。

夢や目標をすぐ達成できるほど世の中は甘くないし、1年間努力したところで何も変わらないかもしれない。だけど、きっと5年や10年単位なら、人は変われる。笑われてもバカにされても、グッとこらえて進むしかない。

スーダンから帰国後、キャリアや収入が目的となっていた大学院への進学を辞めて、まずは日本の僻地(へきち)で医師として働きはじめた。
日本でできないことは海外でもできないから。

いつしか川原先生との出会いから1年が経っていた。

2016年3月、土日の休みが取れ、1泊4日(2泊は機内泊)というめちゃくちゃな日程で、2年ぶりにカンボジアを訪れることになった。
金曜日、仕事を終え最寄りの駅に向かった。週末にカンボジアに渡航できるのは、金曜日に出る羽田から隣国タイのバンコク行きの深夜便のおかげだ。
北陸の僻地で働いている僕は、上越新幹線に乗り、東京へ向かった。上野駅で山手線に、浜松町駅で東京モノレールに乗り換え、羽田空港に着いた。エコノミー便で、無理矢理仮眠を取りながら、バンコクに向かった。

現地時間の午前5時にバンコクに着いた。結局ほとんど寝られなかったため、頭がぽーっとなりながら、午前8時15分にカンボジアの首都プノンペンへ向かう便に乗り換え、現地には、午前9時30分に着いた。

空港から出ると、ブティさんが、出迎えてくれた。彼は、2005年にカンボジアで小学校を建設した時からお世話になっているガイドさんで、日本語と英語、クメール語を話す。

ブティさんは、ブティさん本人役で映画にも出てくれた。出演者の向井理さんや松坂桃李さん、窪田正孝さん、柄本佑さんが参加された映画の打ち上げで、ブティさんが「彼女いるの？」と聞きまくっていたのは、さすがにあせった。だけどなんだか、その打ち解けた関係性が、僕には嬉しかった。

映画公開から5年も経ち、映画の影響は落ち着いた。
過大評価され、苦しい時もあったけれど、「国際協力しよう！」とかそんな難しい話じゃなく、カンボジアを好きになった人や好きな人にメールしてみようとか、そんな気持ちを持ってくれた人が増えたら、ただ嬉しかった。

ブティさんの車に乗り込み、仲間と一緒に建てたグラフィス小学校のあるベン村を目指した。
車の窓からはプノンペンにある高層ビルが見えた。

建設した小学校近くの街並み

カンボジアは近年、すごい勢いで発展している。
2016年のGDP成長率は7.0％と高く、今では巨大ショッピングモールのイオンも建てられた。

小学校への道も、建設した当時は国道５号線がデコボコの土の道で、車酔いしながら７時間かかっていたのが、整備され、３時間ほどの快適なドライブで行けるようになった。
１時間ほどして、プノンペンを抜けると、のどかな田園と青々としたヤシの木と、どこまでも青い空が広がった。
僕は、カンボジアという国と、この景色と、この国の人が好きだ。

世界平和とか、そんな崇高(すうこう)な思想ではなく、ただ出会った人を笑顔にできたらなんか嬉しいなと小学校を建ててから10年間、継続的に支援を続けてきただけだった。

小学校に通う子どもたちは元気だろうか。
あのお母さんはどうしているだろうか。

飛行機でほとんど寝られなかったのに、なんだか興奮してしまったので、車の中でも寝られそうになかった。

Memo-2 グラフィス小学校と継続支援

小学校は、生徒220人、教員6人（2人は派遣）。
中学校は、生徒280人、教員11人。
卒業生は3,000人を超えた。

小学校が建った2006年から継続支援をスタートさせた。さまざまな団体と連携しながら、手洗いやトイレなどの生活用水に使うため池の設置、グランド整備や食堂の設置、昼食の提供などを行っている。
また、2011年より手洗いやゴミの捨て方、歯磨きの仕方などを教える衛生教育をはじめた。当初はゴミで荒れ放題だった小学校もゴミが減り、手を洗う子どもたちを頻繁に見かけるようになった。

グラフィス小学校でのゴミ捨て指導

【カンボジア基本データ】 *Cambodia Data*

国名	カンボジア（Kingdom of Cambodia）
首都	プノンペン
面積	約18.1万k㎡（日本の約2分の1）
人口	1,630万人
言語	クメール語（カンボジア語）
日本との時差	－2時間

1人あたりの国民総所得 1,230ドル
平均寿命 69歳
識字率 74％
乳児死亡率　26人/1,000人あたり
5歳未満の死亡率　31人/1,000人あたり
妊婦死亡率　170人/出生10万人あたり
医師の人数　2,440人（歯科医を除く）
看護師の数　11,454人

・衛生状態は、日本と比べると劣悪
・水道水を含め生水を飲むとお腹を下す可能性が非常に高い
・医療は近年改善傾向にあるが、都市部と郊外の格差が大きい

22日間の人生

小学校を建てると決めた時、建設後、少なくとも10年はカンボジアに通おうと考えていた。
きっと、建設している時は派手で魅力的な活動に見えるけれど、建設後の継続支援は、成果が見えにくく、あまり面白くないかもしれない。だけど、実は1番大事だ。やると言った以上、自分が責任を取らなきゃいけない。そう思ったからだ。

プノンペン国際空港から北西に3時間ほど車で走り、そんなことを思い出していると小学校に着いた。
車を降りると村長と校長が出迎えてくれた。挨拶をして、ベンチに腰かけ、村と小学校の現状をヒアリングする。
「小学校か村で何かありましたか？」と聞くと、中背で筋肉ムキムキな村長から「赤ちゃんがまた、亡くなりました」と返ってきた。
「そうですか。大変でしたね……」と、よく言えば冷静に、悪く言えば、淡々と僕は答えることしかできなかった。

「コオタさんが、この前会ったお母さんも会いたがってましたよ」と村長が言うので、「もう一度会えますか？」と僕からお願いした。村長は「会えると思います」と言って、ポケットから携帯電話を取り出し、赤ちゃんを亡くしたお母さんの親族に電話をかけた。

数分間、話したあと「ちょうど、今家にいるようです。会いに行きますか？」と聞かれたので迷わず「はい」と答えた。
村長とブティさんと車に乗り込み、彼女の家を目指した。

車で横道に何度も何度も入り、10分ほどすると、お母さんのご自宅に着いた。
車から降りると、彼女と夫、4歳の彼女たちの息子さんが、クメール語で「おまえ、また来たのかー！」といった感じで出迎えてくれた。

男の子は、髪が茶色で、お腹がぽっこり出ている。<u>クワシオコアという状態で、タンパク質の不足など栄養のアンバランスで生じる。</u>

挨拶をして、ご家族の近況をうかがった。
現在、3人暮らしで土地は持たず、収穫時期は小作人として働き、仕事がない時は、虫などを獲って食べているという。

村長は気を使ってくれたのか、挨拶だけすると、車に戻っていった。僕はブティさんと一緒に、お母さんと話をすることになった。

彼女は「息子には、小学校に行かせたい」と話してくれた。彼ら夫婦は読み書きができないらしく、息子さんには将来お金を稼げるようになってほしいようだ。

しばらく世間話をしたあと、亡くなった赤ちゃんの話を聞かせてもらった。
お母さんによると生まれた時には、何も問題はなかったと言う。

生後20日目で、熱や咳が出ていることに気づいたが、風邪だと思い、近くの保健センターに連れて行くこともせずに様子を見た。
次の日になると、熱が上がり、咳がひどくなっていた。
昼になると、ミルクも飲めなくなってしまったので、お母さんはバイクタクシーを呼ぼうとしたが、10ドルのお金がなかったのでやめた。
夜12時頃、どんどん赤ちゃんの呼吸が早くなるので、村長を経由して、近くの保健センターに電話をかけた。

1時間後、保健センターのスタッフが家に到着した。赤ちゃんの様子を見るなり「重症だから大きな病院に行ったほうがいい」と、お母さんに伝えたが、それでも10ドルのお金がなく、誰に借りるか迷ったのだと言う。この間にも赤ちゃんの様態は悪化していた。

午前2時頃、村長に10ドルを借り、ようやく病院に向かっ

た。この時、お母さんは、すでに赤ちゃんが動いていないことに気づいていた。
4時間後、州の病院に着き、すぐに診察してもらったが、医師から「赤ちゃんは亡くなっています」と告げられた。

生後22日目のことだった。

呆然(ぼうぜん)として、赤ちゃんを抱えて帰り、家の近くに埋めた。手元には10ドルの借金だけが残った。

お母さんは話の途中からずっと泣いていた。後悔にも似た表情を浮かべていた。

<u>世界では年間560万人、5秒に1人の子どもが5歳の誕生日を迎える前に亡くなっている。</u>

だけど、そんな統計よりも、僕にとって何より重要だったのは、目の前で、心を痛めて泣いている人がいることだった。

僕たちは普段、アフリカの子どもの「誰か」が餓死(がし)していると聞き、その時はかわいそうだと感じても、次の日には忘れているかもしれない。

中東の国で、兵士の「誰か」が紛争で亡くなっているニュースを見て心を痛めても、次の瞬間には忘れているかもしれない。

インドで、女性の「誰か」がレイプされていると知って、憤(いきどお)りを覚えても、やっぱり1週間後には忘れているかもしれない。

「世界の苦しんでいる誰かに向けて今すぐ行動しよう！」と言われても、行動するのは難しい。

お母さんが僕の目の前で泣いたことによって、僕にとって苦しんでいる「誰か」ではなく苦しんでいる「あの人」になった。僕にとって遠い存在ではなくなった。

泣いているお母さんを見ながら、国や宗教、価値観、肌の色、暮らし方など、さまざまなことが違っていても、母親が子どもを思う気持ちは、根本的に変わらないと思った。

人を「幸福」にすることは難しくても、おそらく人を「不幸」にすることなら減らせる。

しばらくすると、お母さんが「すみません」と言って、涙を拭いた。

僕が「息子さんが小学校に通えるように、継続してまた来ますね」と言うと、ようやく笑ってくれた。
赤ちゃんのお墓は小学校の近くにあったので、両親と一緒に歩いて向かい、手を合わせた。

赤ちゃんは、亡くなる時苦しかっただろうか。
赤ちゃんは、もっと長く生きたかっただろうか。
この世に生まれてきて、お母さんに抱っこされて、幸せだっただろうか。

結局のところ、誰にもわからない。
人生の短さで人の幸せが決まるわけではないけれど。

たった2つ確実なことは、お母さんが「泣いていた」ことと、赤ちゃんには「生き続ける」という選択肢がなかったことだった。
友達と笑うチャンスも、好きな人ができた時のドキドキも味わうチャンスはなかった。

お母さんたちの家に戻り、僕は「お話を聞かせてくれて、ありがとうございました。これから何ができるか考えてみます」と伝えて、彼女たちと別れた。

待っていた村長と合流し、車に乗り込んだ。
辺りはもう暗くなっていた。

車の中で、自分の心臓が動き、呼吸をして、脳に血流を送り、生きていることを実感していた。

発展途上国の医療施設

発展途上国において、住民に最も身近な医療施設は、保健センターと呼ばれる。
医師は基本的に常駐せず、看護師が対応しているが、出産介助や妊産婦検診、家族計画、予防接種、疾患や怪我の手当てを行っている。
地域の住民に安価で、基礎的な医療サービスを提供している。

救急車として利用するバイクタクシー

僕は死ぬ前に
何を思うのだろう

お母さんと別れて、帰りの車の中で僕は考えていた。
「発展途上国の赤ちゃんの命を救いたい」なんて聞こえのいい、格好いいことを言っても、自分の実力を考えると、むちゃくちゃ厳しい。
こんな自分に何ができるのか。現在地と目標を考えると、絶望的な気持ちになり、ため息をつきながら、村長の家に向かった。

カンボジアの村は、雨季対策のため、ほとんどが高床式の住居になっている。お母さんの家は、木の床に藁を敷いただけのつくりだったけれど、村長の家はコンクリートでできていて、台所も家の外にあって、水を溜める大きな貯水タンクもついていた。

コンクリートの階段を上がり、2階の居間で村長のご家族と一緒に夕食をいただいた。
何でできているかわからないお酒を飲みながら、雷魚の素揚げと空心菜のスープ、豚肉と野菜の炒めものを食べた。村人からすると、かなり豪華な料理だろう。

夕食のあと、村長が「シャワーを浴びろ」と言うので、外に出た。シャワーといっても、雨水を溜めたタンクから、桶で水をすくい、体にぶっかけるだけだ。外に出て、裸になり、もうどうでもいいやと、桶に浮いているコケごと水を体にかけ、1日の汗を流した。

2階から村長とご家族の笑い声が聞こえた。
周りには街灯などの人工的な光はなく、真っ暗闇の中、iPhoneの明かりだけが頼りだった。

近くに診療所があったら
お母さんに十分なお金があったら
早めに受診できていたら
救急車があったら
救急車が通る道が舗装されていたら
赤ちゃんは助かっただろうか？

人の命を救う。
泣いている人の涙を止める。
そんなこと自分にできるだろうか？

体に水をかけながら、酔っ払って、痛くなっている頭でいろいろなことを考えた。

そもそも、赤ちゃんを救う方法もわからない。
国際保健の知識もない。
ボランティア活動を続けていても命を救うことができるかわからない。
ボランティア活動によって収入が減るし、偽善者とネットなどで言われるかもしれない。
ネットでいろいろ言われるのはやっぱり嫌だ。
恥はかきたくない。

ボランティア活動を広めるために、本を書いたり、講演会をしたりして、有名になることのメリットなんて１つもない。
普通に医者をやっていて、普通に生きていくほうが、よっぽ

どいいのかもしれない。
行動してもいないのに、デメリットが思い浮かんだ。
デメリットは、行動する力を奪った。

シャワーを終え、ふと横を見るとブティさんが一服していた。
僕はタオルで体を拭きながらまた考えていた。

大人になり、年齢を重ねるにつれて、自分の限界も見えてきた。自分より優秀な人が、たくさんいることも知った。
それでも、自分が死ぬ前に、何を思うのだろうか。
行動すれば批判もあるし、失敗もするかもしれない。
自分の保身も時には大事だけれど、保身のためだけに生きていたら、亡くなった赤ちゃんに合わせる顔がない気がした。

ブティさんは、タバコを終えても、そばにいてくれた。僕がバカみたいに1人であーだこーだ考えているのを察して、ただそばにいてくれた。ブティさんは、下ネタが時々ひどいけれど、いつも底なしに優しい。

屋外で2人とも何も話さず、時間だけが過ぎていった。しばらくして2階へ上がり、蚊帳(かや)の中に入って、雑魚寝で眠りについた。
横になっていると窓から夜空が見えた。スーダンでみんなと一緒に外にベッドを出して寝た時みたいに星が綺麗だった。

次の日、「コケコッコー！」と鶏(にわとり)の大きな鳴き声に起こされた。
村長にお礼を言って、ブティさんの車に乗り、空港まで送ってもらった。
帰りの飛行機では、泥のように眠り、午前5時に羽田空港に

到着した。そのまま上越新幹線で、北陸の病院に向かい、午前の外来業務を行った。

もうすごい人になれなくてもいいから、それならせめて、何回失敗しても、それをまた糧にして、行動できる勇気だけでもほしかった。

年齢なんて
あってないもの

第**2**章 やっぱり人生は一度きり

　「発展途上国の僻地での赤ちゃんを救う方法」を学べる場所が日本にもあった。それは長崎大学の熱帯医学研修課程だ。毎年4月〜6月に、合計15名ほど、看護師や医師、薬剤師などのほか医療系以外にもさまざまな方が受講している。3か月間みっちり公衆衛生の知識から、現場で役に立つような感染症の知識まで、幅広く熱帯医学の基礎を学ぶ。

とりあえず、飛び込んでやってみる。僕の人生は大体そんな感じだ。大学受験も志望校はE判定しか取ったことがなかったし、本の出版もとりあえず書いた。
何でもやってみることで、道が拓けた。小さな勇気が時々大きな結果につながった。
だから長崎大学の熱帯医学研修課程に応募したのは当然の道筋だった。

長崎空港からバスで長崎駅へ向かい、そこから路面電車に乗り換えた。2駅先の宝町停留場で下車して5分歩いたところにあるアパート、これが長崎での我が家だ。家賃4.5万円、1K6畳のアパートで3か月間過ごす。もちろん3か月間は無給なので、市内の病院で当直のバイトをさせてもらうことにした。

アパートに荷物を置き、近くのコンビニで、歯ブラシとカルピスサワー、さけるチーズを買った。
部屋に戻り、スーツケースを広げた。服はほとんどなく、本ばかりを詰め込んできた。

「世界の僻地の赤ちゃんを救うにはどうしたらいいか」
「赤ちゃんを亡くしたお母さんの涙を減らすにはどうすればいいか」

まずは大学で理論を勉強しながら、とりあえず穴ボコだらけのプランでもいいから立てよう。そして、母子保健に詳しい教授に話をして、いろいろと修正していこう、そんなことを考えていた。

理論を勉強しても自分が賢くなったように思うだけで、誰か

が笑ってくれるわけではない。穴ボコだらけのプランで恥を
かきながら、だけど、勉強しながらどんどんチャレンジして、
失敗して、それを反省しながら修正して、自分の中に取り入
れていくしかない。

スーツケースからパソコンを取り出し、インターネットで母
子保健に関する論文を手当たり次第に読んだ。
寝る時に、布団を買っていないことに気づいたが、どうしよ
うもないので、バスタオルをフローリングに敷いて寝た。

翌日、午前7時に起きると、腰がバキバキになっていた。変
な歩き方をしながら路面電車に乗り、大学へ向かった。

教室に着いて見渡すと、ほとんどが女性（14人）で、男性
は自分を含めて4人しかいなかった。職業も年齢もさまざま
で、20〜60代の18人がクラスメートになるようだ。
いろんな人がいるんだなと思った。カンボジアで生後22日
目の赤ちゃんを亡くしたお母さんと出会って、長崎まで熱帯
医学を学びに来て、僕は一般的にいわゆる医者が歩むべき王
道からは外れてしまったと、正直、不安もあったが、クラス
メートの存在がこれも1つの生き方だと背中を押してくれた。
自分の道を大切にして、死ぬまで情熱的に生きていたいと思
った。

どんな過去があったとしても、今を頑張れば、今を変えられ
れば、未来を変えられるはずだから。
今この瞬間の選択は、きっと自分が選べるはずだから。

長崎での日々が力になるように

飛び込むからこそ
道が拓ける

「長崎は今日も雨だった」という内山田洋とクール・ファイブさんの名曲がある。その歌のとおり長崎にいた3か月間は、僕の記憶では雨がめちゃくちゃ降った。

毎朝、雨の中、宝町停留場から路面電車に乗り、大学に向かう。4階に上がり、定位置である、教室の最後列の右側の席に座る。

座学以外にも、マラリアの勉強のために蚊帳の標本をつくる細かい講義や夜通し牧場で蚊を捕獲するクレイジーな講義もある。

今日の講義は、カンボジアの母子保健事業で働かれている先生が担当だ。授業を通して、世界で5歳未満の子どもの死亡率は改善傾向にあるが、新生児死亡率の減少は緩慢であることを学び、それをもとに基礎的な医療サービスを整えれば、救える赤ちゃんの命が世界には何十万もあることがわかった。

行動さえすれば救える赤ちゃんの命があるという事実にワクワクしながら、講義のあと、先生に声をかけた。
「あの、カンボジアで、新生児を亡くされたお母さんと出会って、そういう方を減らしたいと思い、どうやったらいいか考えているのですが、よかったら話を聞いていただけませんか？」

先生は「あーあの、向井理さんが出演していた映画の本を書いたの君でしょ？　すごいね、有名人だね」と半分イジりながら、とても優しい表情を浮かべた。

「何ができるか模索(もさく)していて、カンボジアに新しく病院をつくって……」と突っ込んだ内容を言うと、先生は優しい表情から一転して、厳しい表情になった。
「今ある保健センターとの共存はどうするの？」
「……」
僕は何も答えられず、バツの悪そうな表情で立っているしかなかった。

「でも、なんだか面白そうだから、母子保健に携(たずさ)わっているスタッフの前で、君のプランを話す講演会をしてくれませんか？」と僕が固まってしまったのを見て、先生は優しい表情に戻り、そう言ってくれた。

講演会の依頼はとても恐れ多い話でもあった。
国際保健の知識も経験も不足している僕が、カンボジアの母子保健で実際に働かれている方の前で講演するなんて、普通はありえない。自分のプランがショボければ、大恥をかくことは目に見えていた。

だけど、逆に考えれば、いい機会かもしれない。穴ボコのプランを修正するチャンスに結びつくかもしれない。今更、逃げる選択肢などない。

「やります。ぜひ、やらせてください」

本当はあの時、逃げたかった。

だけど、赤ちゃんの命を救うにはどうしたらいいか。
お母さんの涙を減らすにはどうすればいいかを考えると、やるしかなかった。

ただ情熱だけがあった。
ただ真剣だった。
プライドも何もないから、アホみたいな質問でも聞けた。
目の前のチャンスは、すべて飛び込むしかなかった。

夢と現実の
ギャップ

行動できていなかった頃は評論家ぶって、井の中の蛙状態で、「自分はやればできる」と思っていた。だけど、実際に行動すればするほど、自分はなんて平凡なんだと気づいた。
そんなスタートの日になった。

講演会の日、僕はこのプランで大丈夫だと謎の安心感を持って、話しはじめた。
カンボジアとの出会いから小学校建設について、小学校がある村で、生後22日目の赤ちゃんを亡くしたお母さんと出会ったことなどを話した。
そのうえで、彼女の流した涙を減らすには「新しく病院を建設し、そこで安全な出産をしてもらう必要がある」という、今考えれば、申し訳ないほどの穴ボコのプランを披露した。

発表が終わると、批判と言ってもいいような質問の嵐だった。
「持続可能性(サステナビリティ)はどうするの?」
「運営費用(ランニングコスト)はどうするの?」
「果たして、それは費用対効果(コストエフェクティブ)がある計画なのか?」
「小学校の近くにある保健センターとの共存はどうするのか?」

もっともな質問や指摘だった。なんとか、その場をやり抜けようと、頭を働かそうとするも、そんな小細工で通用する相手ではなかった。

自分はまったくダメだった。

何も考えられていなかった。
質問や指摘を受けて、ようやく本当に穴ボコだらけのプランだったことに気づかされた。
もう、これは正直に言うしかない。
腹をくくるしかなかった。

「申し訳ありませんでした。みなさんにご指摘していただいた点は、おっしゃる通りだと思います。知識や配慮(はいりょ)が足りない点が多々ありました。本日はお忙しい中、お時間を取っていただいたにもかかわらず、こんな発表をして申し訳ありませんでした」

格好悪いのはわかっていたけれど、このまま終わっては何にもならない僕は、必死に言葉を続けた。

「ただ1つだけお伝えしたいのは、僕はカンボジアで泣いているお母さんと出会い、そんな状況を改善したくて、長崎に来ました。プランが甘かったことは申し訳ありません。批判も甘んじて受けます。ただ、もっともっとプランをよくしたいので、どうすれば実際に赤ちゃんを救えるか、このことについても僕に教えていただけないでしょうか。今日は本当に申し訳ありませんでした」

講演会というのは、素晴らしい人が、聴衆に新しい知識や概念を伝えるものだと思っていた。
しかし今、僕は自分の知識不足を公衆の面前(めんぜん)にさらしながら、頭を下げて謝っている。
カンボジアの赤ちゃんにも、講演を聞きに来られた方にも、機会を設けてくれた先生にも申し訳なさすぎて、**力のない自分が情けなかった。なんだか涙すら出た。**

そんな僕を見て先生方は不憫に思われたのか、批判ばかりだった空気が変わり、いろいろと教えてくださる会となった。
およそ1時間の講演が終わった。
僕は途方に暮れていた。

講演会のあと、クラスメートが僕のそばに来てくれて「よかったよ。なんか感動した」と泣いてくれた。
講演会を企画してくださった先生も「面白かった。とてもよかったよ」と、言ってくださった。
カンボジア母子保健の担当者は、「気持ちがとても伝わりました」と慰めてくださった。
みんなの言葉に救われた気がした。
だけど、それでいいのだろうか。

講演会で実際にプランを発表したことで、**気持ちは重要だけれど、気持ちだけでは、人の命は救えない**ことが、再認識できた。だからこそ投げかけられた質問や指摘が身に染みた。

長崎に来て、赤ちゃんの命を救う方法が、理論的にはわかった。だけど、その理論を行動に移さなければ、実際に命は救えない。
さらに、すごい技術を持って、すでにたくさんの命を救われている優秀な方々がいる。
ビル・ゲイツのように、経済界で多額の支援をし、多くの命を救っている方がいる。

それに比べ、自分はどうだ。こんな優秀な先輩方がいてくれているのに、そんな中、自分が行動する理由はなんだ。
世界の赤ちゃんの命を救うなんて、お母さんの涙を減らすなんて、笑ってしまう。

長崎大学に、ワクワクしながら来たら「あなたにできること
なんて、ほとんどないよー」と宣告された気分だった。
「現実」という壁が、高くそびえ立っていた。
家に帰るとそのまま、ようやく買った布団の上で、ぼーっと
考えた。

**結局のところ、僕は泣いている人を見て、何かできるような
気持ちになって、突っ走ったんじゃないか？**

自分がいい気持ちになりたかったんじゃないか？

**人に「すごいねー」なんて、褒められるのが、気持ちよかっ
たんじゃないか？**

人と違うことをして、目立ちたいだけだったんじゃないか？

結果を出していない僕には、言い訳もできなかった。一部は
事実かもしれない。

いろいろ考えていてもお腹が空くので、布団から起き上がり、
コンビニへ向かった。夜ご飯を買おうと、ATMで現金を下ろ
すと、貯金が減っていた。自分の半径１mの生活だけで精一
杯じゃないか。

「一体、自分は何をやっているんだろう」

アパートに戻り、床にソース焼きそばを置き、呆然としなが
らも腹は減るので、掻き込んだ。

長崎の夕暮れを見ながら

小さいことでも
誰かを笑顔にできた

長崎滞在中、勉強の傍ら、ブティさんや村長と連絡を取り、赤ちゃんの急変時の対応や出産後の家庭訪問などについて確認をしていた。

また、自腹で15万円ほど出して、救急車として使用するトゥクトゥクを購入した。救急車でなくても搬送に使えればいいわけで、大人1人が横になっても問題ないサイズにした。さらに村人との話し合いを重ね、1回の搬送につき2.5ドルをもらい、ガソリン代などの維持費にあてることにした。

長崎での日々にへこんでいた僕は、トゥクトゥクのお披露目会に参加するため、1泊3日でカンボジアへ向かった。いつものように空港でブティさんと合流し、グラフィス小学校があるベン村を目指した。

トゥクトゥクを小学校に持って行くと、集まっていた村人たちが歓喜の声を上げた。その中には、以前出会った赤ちゃんを亡くしたお母さんもいた。

村人に少しでも愛着を持ってもらおうと、トゥクトゥクにみんなで手形をつけるイベントを行った。

これが、予想以上に盛り上がり、お母さんもたくさんの村人たちと笑っていたのが、遠くから見えた。

トゥクトゥクに手形をつける村人たち

保健ボランティアや保健センターの方々と今回の事例を共有し、次回からの搬送手段や産後の家庭訪問について話し合い、連携を強化できるように図った。

イベントが終わり、みんなが家に帰っていく中、僕が1人になったタイミングで、お母さんが話しかけてくれた。
「遠い日本から来てくれてありがとう。亡くなった赤ちゃんを誇りに思います」

「誇りに思う」という発言が予想外だった。何度も感謝したあと、彼女は夫と4歳の息子さんがいる自宅へ笑顔で帰って行った。

赤ちゃんの命を救うという目的の前に、トゥクトゥクは助けの1つでしかない。それだけでは、問題が完全に解決しないことは、わかっていた。

医療費を捻出できないほどの貧困や劣悪な水など、たくさんの問題がある中で、すべて解決できるわけではないとわかっていた。だけど、少しでも自分のせいで赤ちゃんを亡くしてしまったというお母さんの「後悔」や「涙」を減らして、「笑顔」を増やしてあげたかった。

泣いていたお母さんを少しだけ笑顔にできたこと、「ありがとう」と言われたこと、そんな少しの満足感を得ながら、次の日に帰国し、長崎で研修課程の修了試験を受けた。

笑顔のお母さん

Note
カンボジアのお母さんと長崎での失敗が教えてくれたこと

・すぐに結果は出ない。今、頑張っていることは、5年後ぐらいに結果が出る

・人を「幸福」にすることは難しくても、人を「不幸」にすることなら減らせる

・デメリットばかりが浮かんできてしまい不安や恐怖で行動が起こせなくなったら「自分が死ぬ時に後悔しないか」を考える

・恥をかいても、チャレンジして、失敗して、反省しながら軌道修正する

・何歳でも行動を起こすのに遅すぎることはない

・自分の道を大切にして、死ぬまで情熱的に生きる

・今を頑張れば、過去がどうでも、未来は変えられる

・プライドを捨てれば、チャンスが来たら迷わずに飛び込み、ステップアップできる

・何をやりたいかはハートで決める。決めたら、ゴチャゴチャ言わずに行動する

・いちばん大事なことは、何度でも立ち上がること

失敗しても進むべき道は目の前にある

離島の女子中学生が
教えてくれたこと

最果ての島へ

「医療が届かない地域に医療を届けたい」
そんな聞こえのいい、崇高な思いを掲げたところで、1人の医者にはやっぱり限界があった。

カンボジアで泣いていたお母さんは、トゥクトゥクの寄付や小学校の継続支援、ベン村の病院への支援を行うことで、笑ってくれた。
たしかに今後も可能性を模索して行動を続け、カンボジアの僻地に新しく病院を建設し、医療教育を施し、地域開発と並行して行えば、赤ちゃんの命を救える可能性が高くなる。

それでも、新しく病院を建てたところで、ある国の、ある州の、ある村の、ある問題が改善されるだけだ。世界的に見れば、ごくごくわずかでしかない。
やっぱり、僕の自己満足なんだろう。

小さい頃から国際協力に興味があった僕は、世界で活躍されている先輩方の本を何冊も読んだ。そして、どんどん自信を失っていった。

アフガニスタンで活動されている中村哲先生の本を読んで、「こんなすごい人になれない」と諦めた。

グローバルファンド戦略・投資・効果局長の國井修先生の本を読んで、「自分にはできない」とため息をついた。

たくさんの素晴らしい団体や人物がいる中で、**「僕なんかが行動を続ける意味は、あるだろうか」**といつしか思うようになった。

長崎での熱帯医学研修を終えて、自分の力の無さや限界を嫌というほど知った。

国際協力なんてもうやめよう。

まずは医師として日本の僻地でできることをやろう。
僕は沖縄の離島である与那国島(よなぐにじま)の診療所で臨床医として働かせてもらうことになった。

長崎で３か月間過ごしたアパートを１時間で片づけ、一旦東京に戻り、羽田空港から石垣島へ向かった。
石垣島空港でプロペラ機に乗り、与那国島へ向かった。プロペラ機は最新機らしく、思ったよりも揺れず、安心感があった。

プロペラ機に乗って、与那国島へ

島に到着すると、これからお世話になる診療所スタッフの方が、迎えに来てくださっていた。なんとこのまま仕事に入るらしく、与えられた任務は、国際カジキ釣り大会の救護班だった。
空港から直接、久部良という港に向かった。港には、100kg級のカジキマグロが上がっていた。そのマグロをみんなで食べ、気づいたらお祭りが終わっていた。なんとも、のんびりとした仕事だった。

車に乗り、海を眺めながら、20分ほど移動すると、島の中心地で診療所のある祖納に着いた。
車を降りて、所長さんと看護師さん3名、事務の方に挨拶を

した。所長さんは、30代後半の背が高いすらっとした方で、与那国島の唯一のお医者さんだ。

所長さんに「今日はもう診療が終わったから、ご飯を食べてきたら？」とすすめられ、近くの女酋長(おんなしゅうちょう)というレストランで、沖縄そばを食べた。
勤務中は、救急の患者さんにいつでも対応できるように、診療所に併設されている宿舎で寝泊りする。
宿舎へ戻る途中、ゴキブリ3匹に遭遇し、悲鳴をあげながら走って帰った。これまでの人生で見たことのないかなりの大きさだった。

宿舎で、歯磨きをしようと洗面台に向かうと、自分の顔より大きい蜘蛛(くも)が鏡にはりついていた。虫が苦手な僕は、また1人で悲鳴をあげた。

部屋に戻り、電気を消してベッドに入り、なんだか、すごいところに来たなーと思った。

与那国島で過ごす日々が、島民との出会いが、自分の心の中に巣くっている迷いを消してくれるなんて、この時は本当に思ってもいなかった。

沖縄の活気あるお祭り

君の夢が
叶いますように

第3章　離島の女子中学生が教えてくれたこと

ある日、僕宛てに電話がかかってきた。
「葉田先生ですか？　与那国島駐在所の平良と申します。今お電話大丈夫ですか？」
僕は、何も犯罪になるようなことはしていないはずなのにドキドキしながら「ちょうど、外来が終わったところなので、大丈夫です」と答えた。

「ちょっと先生に会わせたい子がいるんです」
与那国島に、僕の知り合いは残念ながらいなかった。
どんな人だろうと考えていると、平良さんは続けた。
「中学３年生の女の子なんですけど、葉田先生の映画を見て、その活動に憧れて、今、医者になりたいと勉強を頑張っているんですよ」
「本当ですか？　それオーバーに言いすぎていませんか？」
僕は、謙遜ではなく、本当に何か間違えているんじゃないかと思ったのだ。

「いや、本当にそうなんです。会ってくれますか？」
「はい。患者さんが、いらっしゃらなかったら、いつでも大丈夫です」と答え、電話を切った。

どんな中学生なんだろうと考えたあと、所長さんに平良さんの話を伝えると、「いつでも行ってきてください。さすが、葉田先生ですね」と、仏のような優しさで言ってくれた。

近くの橙cafe+ yonaguniというおいしいカレー屋さんで、お昼ご飯を食べたあと、診療所に戻り、平良さんと女子中学生がやって来るのを待ちながら今までのことを思い出していた。

本を書いてから「葉田さんに会いたいです」と、連絡が来ることがあった。そして、映画化のあとは、さらに数が増えた。素直に嬉しい反面、「葉田さんすごいですね〜」や「尊敬します」と言われても、自分の臨床医としての実力が乏しいことや素晴らしい先生方がたくさんいらっしゃることを考えると、「**僕は何もすごくないのに……**」と自己嫌悪に陥った。本当の自分ではなく、美化された、過大評価された虚構の自分を見られているようだった。

音が聞こえたので目を向けると、診療所の入口に平良さんと女の子が見えた。
女の子はとても緊張している様子だった。

平良さんが、女の子を紹介してくれた。ミクさんは、与那国島で生まれ育ち、本当にあの映画をきっかけに、医者になりたいと思ったそうだ。島には高校がないため、沖縄本島の高校に進学するという。

平良さんから「ミクさん、せっかくなんだから、何か話したほうがいいよ」とうながされ、ミクさんは「医者になりたいです。勉強頑張ります」と言った。

そのあと、3人で世間話をしながら、僕は頭の片隅で考えていた。
23歳の時に書いた本は、映画になり、全国で公開された。
そして、日本最西端の島の数十人しかいない中学生の心に届

いてくれた。その子が今、「医者になりたい」と言ってくれている。そんな幸せなことがあるのか。

よくよく考えれば、この本や映画がきっかけで、カンボジアに行った人がいた。僕との出会いがきっかけで、青年海外協力隊に行った人がいた。NPOをはじめた人がいた。国連で働いた人がいた。末期ガンの患者さんで、「葉田さんの本が大好きです」と言ってくれた方がいた。

平良さんとミクさんが帰ったあと、診療所でぼーっとしながら考えた。

自分は足りないところや成長しなきゃいけないところだらけで、ミクさんが尊敬している僕と、現実の僕にはギャップがある。
だけど、そんな虚構みたいな、ピエロみたいな自分でも、誰かに何かを届けることができていた。そしてその誰かが救ってくれる人がいる。
自分のやっていたことが、最西端の島の女子中学生に届いていたことで何かがつながった気がした。

たしかに、僕は微力かもしれない。
病院を建てて、医療教育を行っても、ある国の、ある州の、ある地域の、ある事柄が改善されたにすぎない。
だけど、カンボジアのあのお母さんのように<u>目の前の人になら、何かできるかもしれない</u>。そして、僕の活動を見て、ミクさんのように、これから先も行動を起こしてくれる人がいるのかもしれない。
僕の代わりに、ミクさんがたくさんの命を救ってくれるのかもしれない。

国連で働いている彼やNPOで働いている彼女、はたまた就職して頑張っているあの人が、世の中をよりよくしてくれるのかもしれない。

自分の力は微かでも、彼らや彼女らがもたらした結果につながったと考えれば、もしかしたら、僕たちは世の中を、世界を少しだけよくできるのかもしれない。

だから、もう言い訳するのは、やめよう。
自分は微力だからと、逃げるのはやめよう。
必ず自分にもできることがあるんだ。
なんだか恥ずかしいけれど、そんなことを一回り下の女の子が教えてくれた。

なんでかわからないけれど、涙が出た。

僕は本が映画化されたあと、ずっと不安だった。
本当に人の役に立てていたのか。
自分だけ、持ち上げられていただけなんじゃないだろうか。
目まぐるしく変わる生活の中で、いい感想も聞いたはずなのに、なぜか素直に信じられない自分がいた。

この先、ミクさんが医者になって、もちろん医者じゃなくとも、たくさんの人を笑顔にすると思うと、きっと自分のやったことは全部ムダじゃなかった。

なんだか涙が止まらなかった。

夢や目標なんて、叶わないことが多い。
だから、やっぱり、目の前の人に対して、僕は僕にできるこ

とをすればいいのだ。素晴らしい人間になることができなくても、何かを感じてくれる人が、どこかに1人はいるはずだから。

きっと僕は弱いから行動するんだ。
それはいつか誰かの希望になって、回りまわって、必ず誰かを、時に自分を笑顔にしてくれる。

第3章 離島の女子中学生が教えてくれたこと

与那国島にかかる虹

働く幸せって
何っすかね

人口1,500人の島に医師は所長さんと僕の2人だけ。何か緊急の問題が起これば、夜中でも、土日でも24時間対応しなければならない。
生死にかかわるような急変も時々あるけれど、軽傷の方も多く受診される。

その日は、夜の12時頃に、そろそろ寝ようかなとベッドで寝そべっていると、窓の外に人影が見えた。
誰かが明かりのついている僕のいる部屋をトントンとノックし、「先生、急患—！！」と、こちらに向かって呼びかけた。

部屋の窓を患者さんにノックされるなんて、都会じゃあまずない。
僕は慌てて白衣を羽織りながらドアを開けた。「どうされましたか？」と聞くより前に、相手の右足からダラダラと血が流れているのに気づいた。

怪我をされている男性が「先生、酔っ払って、転んで、ガラスの瓶で切っちゃったんですよ。診てくれないかい」とおっしゃられたので、僕は「大変でしたね。縫ったほうがよさそうなので、どうぞ中に入ってください」と真夜中の診療所に通した。

所長さんもまだ残っていたので、2人で傷を縫うことにした。傷口を洗い、レントゲンで異物やガラス片がないことを確認して、縫合をはじめた。足の傷は深くはなかったけれど、範

囲が広く、10針ほど縫った。

患者さんが帰る頃には、もう深夜の1時になっていた。カルテを書いていると、所長さんに「葉田先生、将来どうするつもりなんですか？」と尋ねられた。

「カンボジアに行き、長崎に行き、自分のやっていることが、正しいことなのか、意味のあることなのか、わからなくなっていました。でも、ここに来て、ミクさんと出会って、いろいろと考えることができました」とカルテに目をやりながら、僕は正直に答えた。

「カンボジアの僻地の人が本当に必要としているのは、臨床医としての活動よりも、水や施設、機材、教育とか、医療以外にありました。僕がやろうとしていることも、カンボジアへの病院建設の調整や本の執筆、講演とか、医者っぽくない仕事が多いんですよね」と苦笑いしながら答えた。

所長さんは否定するように答えた。
「目的があるなら、別にいいじゃないか。それが医者っぽい仕事であろうが、なかろうが、人の幸せに貢献しているのなら、いいじゃないか」

単純にすごいなぁと僕は思った。所長さんは、腰痛に効くのではと筋膜リリースなど新しい技術を習得して、目の前の患者さんに還元したり、島民の健康のために散歩コースをつくったり、診療所にお腹が痛いお子さんが来られた際には、温かいタオルでお腹を温めたりされていた。
外来では、できる限り状態を把握して、患者さんに受診してよかったと思ってもらえるようにされていた。

それらはすべて「患者さんのため」という一言に集約されていた。医療とは関係なくても「人の幸せのため」であればどんどん動いた。僕は所長さんの姿勢が、スーダンの川原さんに似ていると思った。

「そうですね。きっと、自分ができることで、人が笑ってくれたら、嬉しいですし、本当はそれだけでいいのかもしれないですね」と僕は答えた。
僕たちは、深夜２時まで謎に哲学的な話を続け、次の日の診療に支障が出ないよう午前３時に解散した。

僕はベッドの上で、日本の医療について考えていた。
<u>日本は、人工呼吸器がなかった1961年（昭和36年）に、保温や感染防止、栄養管理を徹底し、時にワークライフバランスを無視した働き方で、都心でも、僻地でも命を救ってくれた医療関係者がいた。</u>

テレビや新聞のニュースにならなくても、都会で、地域で、医師でなくても、看護師さんや助産師さん、ＭＥさん、事務の方、清掃の方など、すべての方のおかげで、人の命を守るために問題を１つずつ解決してきた。

僕も与那国島でワークライフバランスを無視して働いていた。毎日毎日、夜に急患が来て、心が休まる瞬間はひと時もなく、１か月間休みがなかった。
現代では、そんな働き方は美化できないし、自分が頑張ったなんて言う気はサラサラないけれど、やっぱりそうやって、今も昔も、日夜頑張ってこられた医療関係者に尊敬の念を抱く。

今まではカンボジアに対して何かしているつもりだった。だけど、与那国島に来て、地域医療に携（たずさ）わって、改めて日本の医療を考えることができ、僕がやっていることは、ただ僕がやってもらったことを、誰かに返しているだけの気がした。

次の日、昨夜の患者さんが来院され「先生、昨日は悪かったね」とコーヒーを持って来てくださった。
コーヒーを飲みながら、大人になっても、やっぱり自分ができることで、人が笑ってくれるなら、大変な日々であっても幸せな気持ちになれる気がしていた。

ユニバーサル・ヘルス・カバレッジ

ユニバーサル・ヘルス・カバレッジ（Universal Health Coverage：UHC）は、「すべての人が、適切な健康増進、予防、治療、機能回復に関するサービスを、支払い可能な費用で受けられる状態」のことです。
国際社会では、2030年までにすべての国でユニバーサル・ヘルス・カバレッジの達成を目指すという目標を掲げ、推進している。
日本は1961年に達成している。
現代、新生児の死亡人数は、出生1,000人あたり0.9人と、世界で最も安全な国の1つだ。

昔の雰囲気が残る沖縄の一角

諦めることを
やめた

目標を定める。
情報をトコトン集める。
情報を組み合わせて、戦略を立てる。
やると宣言して、期限を決め、逃げられない環境をつくる。
やると決めたら、アプローチを変えてでも、最後までやる。

大学受験の5か月前に受けた模試ですべてE判定だった僕は、自分の足を縄で椅子にくくりつけた（トイレに行くからすぐ外したけれど）。

本を出そうと思い、原稿を出版社に持ち込んだ。
だけど、ある編集長から「出版の価値がない」と言われた。
それでも自費出版でもいいから出版しようという気持ちで、突き進んだ。
無事に出版できたが、そのあと、何百回も本屋に行き、ひたすら「本を置いてください」と頭を下げた。
何十件の本屋さんに頭を下げて、下げて、下げて、ようやく1店舗で置いてもらうことができた。
それを何回も何十回も続けて、本を置いてもらえる場所を広げていった。最終的に5,000部を売ることができた。

もうダメだと思う時に、がむしゃらな行動の先に、大逆転のチャンスが時々だけど、確かにあった。

長崎で熱帯医学の講座を受けたことで、カンボジアの僻地に病院を建設し、基礎的な医療サービスを受けられるように医

療教育を行えば、理論上は赤ちゃんの命を救うことができることはわかった。
だけど、「理論」でわかっても、実際にそれを「行動」に移すことが難しい。

「カンボジアに新しく病院を建てるなんて、どうしたらいいんだ……」
知り合いに「カンボジアの僻地に病院を建てる方法」を聞いてみるも、全然わからないと返ってきた。そりゃ、そうだ。ブティさんに連絡して、カンボジアの保健省に聞いてもらったが「個人ではできない。政府に信頼してもらえるNPOをつくって、それから建てられるから、5年ぐらいはかかるだろう」という回答だった。
早くも暗礁に乗り上げた。もうどうしようもなかった。もはや、通行人100人に「カンボジアの僻地に病院を建てる方法」を聞きたいぐらいだった。

そんな夜、シャワーを浴びたあと、テレビをぼーっと見ていた。普段はアメトーーク！ と野球以外、ほとんど見ないのだけれど、ちょっと疲れていたのか、BSにチャンネルを変えていた。

画面には、NGO ワールド・ビジョンという団体の広告が流れていた。ここは、発展途上の国へ開発援助を行っているNGO団体である。
よくできたCMだった。お涙ちょうだい的な内容で適当に見ていた。

「もしこの団体と一緒に活動できたら、病院も建てられるかもしれない」

ふとそんな考えがよぎり、すぐにホームページを調べた。そこには、個人の寄付でできる井戸の建設や小学校の建設などのプランが並んでいた。
さらに、シオノギ（塩野義製薬）とコラボして、ケニアに病院を建てたプロジェクトの話が掲載されていた。
シオノギ（塩野義製薬）というビッグネームに一瞬ひるんだものの僕は個人でしかない。うつむきながら、今後のことを考えた。

自分の目的は、なんだろうか。
病院を建てることだろうか。
自分の力ですべて成し遂げることだろうか。
いや、これらは手段だ。
目的は、泣いているお母さんの「涙」を減らし、赤ちゃんの「命」を救うことだ。
一緒にやればできることがたくさんある。そのために頭を下げて協力を願うことは、格好悪いことじゃない気がした。

担当者に連絡をしようと、メールのアプリを開いた。
必ずメールが返ってくるように、プロジェクトが失敗した時には自分が責任を負うことを示さなければならない。
「カンボジアで生まれて22日の赤ちゃんを亡くして、泣いているお母さんがいました。そのお母さんの涙を減らし、同じ環境下にいる赤ちゃんの命を救うために、カンボジアの僻地に病院を建設したい。そのために寄付を集めます。もし集まらなかったら、全額借金をしてでも、自分が払います。だから協力してください」と打った。

次の日、NGO ワールド・ビジョンのスタッフである谷村美能里さんから電話がかかってきた。

学生時代、カンボジアに小学校を建設したこと、病院を建てるだけでは、命が救われないことを話した。電話のあと、何度もメールで打ち合わせを重ね、一緒に病院建設を進めることになった。

人の命は、かんたんに救えないし、かんたんに物事が進むほど、世の中は甘くない。
だけど、覚悟が決まって、目標が決まって、期限が決まれば、あとはもう進むだけだ。

第 **3** 章 離島の女子中学生が教えてくれたこと

一筋の道が照らし出された

悩みながらも
病院建設へ

与那国島での日々は、僕に本当に大切なことを教えてくれた。自分が行動することによって、誰かが行動を起こしてくれるかもしれないことなどを知ることができた。

カンボジアでの病院建設は、老朽化した施設を新設し、医療教育を行い、貧困層でも基礎的な保健サービスを受けられるようにする方針で進めた。
病院建設の費用は高額で、今まで書いた本の印税全額や映画化の印税全額、貯金をつぎ込んでも、残り400万円弱足りなかった。

前に小学校を建設した時、必要だった費用は150万円だった。それでもいろいろあったのに、400万円という大金を集めることなんてできるだろうか。
またデメリットが思い浮かんだ。
メールに「もし寄付が集まらなかったら、全額借金をしてでも払います」と書いたあの気持ちにウソはなかったが、400万円という大金に僕はひるんでしまった。

今思うと、与那国島での地域医療の日々がなければ、諦めていた。**何かもっともらしい言い訳を並べて、先のばしにし続けて、やらなかった。**

でも、病院建設先の赤ちゃんの笑顔やお母さんとお父さんの笑顔、そのおじいちゃんとおばあちゃんの笑顔、さらに、その活動を見た日本の方の笑顔。

そんな未来の笑顔を想像すると、これはメリットがどうとか、デメリットがどうとか、そんな話じゃなく、自分がやらなきゃいけない使命のような気がした。
きっと勘違いだと思う。だけど、その勘違いが僕の背中を押してくれた。

谷村さんに電話をかけた。
残り400万円が足りないこと、建設を進めるかすごく迷っていること、だけど日本にも見たい笑顔がたくさんあるから頑張ろうと思ったこと。そんなことを伝えた。
谷村さんは「ありがとうございます」と感謝を伝えてくれた。
谷村さんがいなければ、実現しなかったプロジェクトでもあった。
それにしても僕はどれだけの人にお世話になっているのだろう。

生後22日目の赤ちゃんを亡くしたお母さんと出会って、2年以上が経ち、ようやく病院建設がスタートした。

今度は、「思い」だけではなく赤ちゃんの命を救ったというちゃんとした「結果」が出るように祈った。

〔カンボジア病院建設事業〕

支援事業名	カンボジア王国サンブール保健センター新築支援事業
支援事業地	バンティ・ミエンチャイ州モンゴル・ボレイ郡サンブール地区
支援事業期間	第1期：2017年2月1日 〜2018年1月31日(12か月) 第2期：2018年2月1日 〜2018年7月31日(6か月)
受益者数	サンブール地区の住民7,947人 (1,722世帯) このうち885人は5歳未満
支援事業費	15,000,000円 啓発教育費及び地域開発援助事業管理費など18％を含む
内容	第1期：保健センターの新築(1棟) 第2期：雨水タンク(20,000ℓ) 　　　　1基の支援

ワールド・ビジョン作成「事業企画書」より抜粋

Note
離島で学んだこと

- 世界は変えられなくても、目の前の人になら何かしてあげられる

- 自分は微力でも、みんなの微力を集めれば、世界をよくすることができるかもしれない

- 弱いからこそ行動する

- 何かしたことで人が笑ってくれたら、やっぱり幸せな気持ちになる

- ガムシャラの行動の先に、大逆転のチャンスがある

- 誰かのために頭を下げることは、格好悪くない

- 勘違いが背中を押してくれる

- 自分以外の誰かになることはできないけれど、自分らしく生きることはできる

- １番の失敗は、行動しなかったこと

- まずは目の前のことに、思いを込めて集中する。それが大きなことにつながる

- 自分の気持ちに、正直に行動することが幸せを運んでくれる

サンブール保健センターの建設現場

カンボジアの僻地に病院を建設し、8000人の命を守る

まずは
現地の視察から

20歳の時に渋谷の郵便局で偶然見つけた1つのパンフレットが、カンボジアとの出会いのきっかけだった。
だけど、こんなにカンボジアに通うことになるとは、思わなかった。

カンボジアのビザは、パスポート大なのでかなりかさばる。
僕のパスポートはビザだらけになっている。
だから、どうだってことはないんだけれど。ただ、単純に未来はどうなるかなんてわからないから、結局、その時その時を全力でやっていくしかないんだろう。

病院建設の候補地に上がったバンティ・ミエンチャイ州サンブールは、タイの国境沿いに位置していた。
ここに、今回視察するサンブール保健センターがあった。

1泊4日という謎のスケジュールで羽田空港から飛び立った。
カンボジアの隣国タイのバンコクで乗り換え、カンボジアのシェムリアップ空港に着き、サンブールに向かった。

国道6号線を北西に3時間進むと、サンブール保健センターに到着した。
物腰の柔らかい40代のセンター長と7人のスタッフが、出迎えてくれた。

保健センターは1990年に建設された。今では、老朽化しており、設備も不足している。風で建物が揺れ、出産の最中に

天井が落ちたこともあった。
そのため、多くの住民は、高額な医療費を払って、近隣の私立病院を受診する状況が続いていた。

高額な医療費が払えない住民は、危険な伝統的産婆（TBA）の介助する方法で出産していた。カンボジアの医療は年々改善傾向にあるが、都市部と農村部の乳児死亡率は3倍近くの開きがあり、格差は依然として顕著だった。

燻される妊婦さん

保健センターを見学させていただくと、確かに支柱が一部崩れていたり、天井が剥がれそうになっていた。
見学のあと、センター長とスタッフの方々、村長、村人、保健ボランティアの方々、妊婦さんとミーティングを行った。

雨季には保健センター自体が浸水し、建物自体が揺れるので、村人たちは「ここでの出産は不安だ」と口々に発言されていた。そんな不安を避けるために、自宅で出産したり、保健センターで出産してもすぐに帰宅される妊婦さんがいるため、センター長は、何度も州の保健省に保健センターの新設を訴えたが、予算が下りなかったそうだ。

ミーティングのあと、2008年にこのセンターで出産したのち、産後出血で、娘さんを亡くした女性に会いに行った。
ちょうどスコールが来て、バケツの水をひっくり返したような雨が降っていた。

女性に話をうかがうと、娘さんは、雨季で土砂降りの中、保健センターで出産したものの、雨で建物が倒壊しそうだと心配し、スタッフの説得を振り切って、出産後2時間で赤ちゃんを連れて自宅に帰った。しかし、帰宅後、娘さんは出血が続き、様態が急変したので、センターに向かったが、搬送途中に亡くなってしまったのだという。
本来、<u>出血などの合併症を観察するために、出産後は最低でも1日は病院で様子を見るべきとされている。</u>

女性は、亡くなった娘さんを思い出し、泣いていた。
小学校を建てても救えない命がここにもあった。

娘さんを亡くした女性が泣いていた

妊産婦の死亡数と原因

妊産婦の死亡人数は、カンボジア161人、日本5人（10万人出産あたり）。世界における妊産婦の死因は、産後出血や感染症、妊娠高血圧などがあるが、基本的な医療サービスによって救える命がたくさんある。さらに、母親が亡くなると、その子どもの約75％が10歳までに亡くなるというデータがある。

1990年から2015年にかけて、世界の妊産婦死亡率は約44％低下したが、それでも毎日約830人の妊産婦が、予防可能な原因で命を落とし、その99％は発展途上国で起こっている。

第4章 カンボジアの僻地に病院を建設し、8000人の命を守る

ここにも
救えなかった
赤ちゃんの命があった

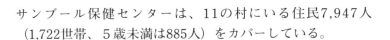

サンブール保健センターは、11の村にいる住民7,947人（1,722世帯、5歳未満は885人）をカバーしている。

翌日、保健センターで新生児の赤ちゃんを亡くしたご家庭へ話をうかがいに行った。
保健センターから、そのご家庭までは、距離があるものの道が狭かったので、歩いて行くことになった。

ぬかるんだ道を歩きながら、昨日お話をうかがった女性の娘さんのことを思い出していた。
医療に携わっている人は必然的に死に向き合うことが多い。この先、いつかは慣れる時が来るかもしれないけれど、僕は医者になって年や時間が経っても、未だに慣れない。

そんなことを考えながら、30分ほど歩くと、そのご家庭に着いた。
そこは、カンボジアでは典型的なご家庭だった。収入は不定期で、お金が必要な時は小作人の仕事をして1日2.5〜5ドルの収入を得る。仕事がない時は昆虫を取って生活している。

ご自宅は、高床式になっているが、藁を敷きつめた簡素なもので、トイレはなく、近所の川で用を足すようだ。子どもたちは学校に通っているが、夫婦は小学校を中退していて、読み書きもうまくできないそうだ。

僕は新しい保健センターを建てるためにここへ来たことを伝えて、亡くなった赤ちゃんのことを尋ねた。

夫婦には伝統的産婆（TBA）のもとで出産した２人の娘がいる。３人目の男の子も同じ方法で出産したが、生後28日目に感染症で亡くなった。呼吸が荒くなっていることに気づいたが、保健センターを信用できなかったため、連れて行かずに家で様子を見ているうちに亡くなってしまったそうだ。話をされながら29歳の夫婦は泣いていた。

話を聞く限り、男の子は肺炎で亡くなったものと考えられた。
早く対処できていたら、命を救うことができただろう。
また１つ救えるはずの命を救えなかった。

帰る時にお母さんが「新しい保健センターができたらそこで産み、赤ちゃんの体調が悪い時はちゃんと受診します」と涙ながらに、語ってくれた。
僕は「また、ここに来ますね」と答えて、別れた。

生後28日目の息子を亡くした夫婦

仲間がいないと
はじまらない！？

建設現場で働く村の方たち

慌（あわ）ただしく保健センターの建設予定地の視察を終え、僕は保健センターの建設をスタートすることにした。

カンボジアから帰る飛行機で、新保健センターの建設後も医療教育を継続していくこと、またグラフィス小学校への支援活動を続けていくためにも、NPOをつくろうと考えた。

だけど、NPOのつくり方なんて、ぜんぜん検討がつかない。さらに僕が、事務作業が壊滅的に苦手だったことから、一緒に活動してもらえる人を探す必要があった。

日本に着き、誰かいないか考えていると、1人、近藤翼という人間が浮かんできた。
10年ほど前、彼がスタッフをしていたイベントに呼ばれて知り合い、それ以来友人として長くつきあっている。
彼には、NPOで働いた経験や市役所でのソーシャルビジネス支援の経験があった。

僕は思いきって、電話をかけた。
「今度、赤ちゃんとお母さんの命を守るためにカンボジアに病院を建てるんだ。活動をこれからも続けようと思っていて、NPOをつくりたいから、力を貸してくれない？」と、かんたんに目的を伝えたあと、具体的な計画とビジョンを語った。

彼は「わかった。甲太と一緒にやるよ」
以前からカンボジアでの活動について話していたので、彼はほぼ即答でOKしてくれた。

事務的な事柄やNPOの運営面でのサポート、僕の暴走気味なところを抑える役割、彼はたくさんの仕事をしてくれた。
彼の存在は僕にとって本当に心強かった。

物事がうまくいけば、結果を出すことができれば、説得力が増し、たくさんの人が集まってくれる。調子が悪くなれば、人は離れていく。
結果が出ない時に、いつもそばで支えてくれて、失敗を一緒に乗り越えられた仲間に対する恩を僕はずっと忘れない。

はじめは1人かもしれない。そんな滑稽(こっけい)な姿を人は笑うかもしれない。だけど、真摯(しんし)に行動を続けて、少しの結果が出てくれば、きっと手伝ってくれる人や応援してくれる人が、1人は現れるはずだから。

救世主が
やってきた

生まれたての赤ちゃんは、100人中10人が、自分でうまく呼吸できない。医療従事者が適切にサポートすることで、その10人のうち9人を救うことができる。この技術を新生児蘇生法という。
カンボジアでは、生まれたての赤ちゃんの約4人に1人が、呼吸ができなかったために亡くなっている。
そのため、新生児蘇生法をカンボジアの助産師さんが会得すれば、赤ちゃんの命を救える可能性が高まる。

新生児蘇生法自体は、技術的にはすごく難しいわけではないが、僕が教えるとなるとまったく別の次元になってしまう。

カンボジアから日本へ帰ってきた僕は、小児科医でない医師も受けられる新生児蘇生法の講習会に参加した。講義と実習、合わせて5時間程度だった。周りは小児科の先生ばかりで、知り合いもおらず、内科医の僕は場違い感が甚だしかった。昼休みに誰とも話すことなく、1人でご飯を食べながら「何をしているんだろう」と考えていた。とりあえず合格証をもらい、トボトボと帰宅した。

僕が新生児蘇生法を学び、教えることで、カンボジアの助産師さんが実際に赤ちゃんの命を救い、お母さんを笑顔にすることができると思って受講したのに、本当にできるのか疑問が浮かんだ。
新生児医でもない、医療教育に精通もしていない僕が教えられるのだろうか。

いや、絶対できない……。
こうなったら、誰か一緒にやってくれる人を見つけるしかない。千代田線の電車に揺られながら、一緒にやる人に求めるものを考えて、iPhoneにメモした。

①小児科医
②新生児科医
③英語が話せる
④海外途上国支援の経験がある
⑤新生児蘇生法を教えられる
⑥無給で一緒にカンボジアに行ってくれる

自分が挙げた条件を読み返し「さすがにムリだろうな」と絶望した。
この条件に合う人は、日本に１人か２人しかいないだろう。そして、何より⑥の条件が厳しすぎる。そんな都合のいい人を見つけられるなんて奇跡と言ってもいい。

だけど、考えていても物事は好転しない。顔が広い先生に聞けば、どこかでそういった先生につながっているかもしれないと、安易な発想が浮かんだ。グダグダ悩むよりも前に、行動するしかない。
僕は、救急医療でお世話になった先生にメールを送った。

「先生ご無沙汰しております。今カンボジアで病院の建設を進めていて、その中で新生児蘇生法を教えていただける、英語が話せて、新生児科医で、海外途上国支援の経験がある先生を探しているのですが、お知り合いの先生はいらっしゃいますか？」

今考えると相当失礼なメールだったが、1時間後に先生から「いるよ！」と返事が来た。
びっくりしすぎて「本当っすか？！」と返すと、「うん、新生児蘇生でシミュレーション教育をしている嶋岡鋼（はがね）先生という知り合いがいる」と教えてくださった。

嶋岡先生の連絡先を教えていただき、どんなメールを送ろうか考えた。
もう、ただ後悔がないように、ど真ん中ストレート1本勝負でいこう。もし、それで失敗したのなら、仕方ない。

今まで自分の見てきたことややってきたこと、うまくいかなかったこと、思いを述べ、カンボジアの僻地（へきち）の現状を変えるには新生児蘇生法が必要であること、先生の力を必要としていることを詰め込んだ。そして、最後に「亡くなる赤ちゃんを少しでも減らすために、力を貸してください」と書いてメールを送った。

5分後に、嶋岡先生から連絡が来た。
「やります。協力します」

嶋岡先生は、偶然僕の本を読んでくださっていた。さらには、NGO ワールド・ビジョンのチャイルド・スポンサーでもあったのだ。

あとから考えると今回の病院建設プロジェクトがうまくいったのは、運がよかったんだと思う。こういう偶然をシンクロニシティと言うらしい。

カンボジアに小学校を建設した時も、本を出版した時も、い

つも自分がボロボロの時にだけ、救世主は現れる。
もうやめようと思うギリギリのところで、手伝ってくれるのだ。

ボロボロの背中を、意外と人は見てくれているのかもしれない。
神様みたいな存在に祈って、覚悟を決めた時、運が降りてきた。

嶋岡先生との出会いは、カンボジアで実施した赤ちゃんを救うための講習会にとって、とても大きかった。

僕は小さい頃、お医者さんになって、村を1人で救えるようなヒーローになりたかった。
だけどそれは違った。
ヒーローになることが目的ではなかった。
自分より上手にできる人がいるなら、自分に能力が足りないなら、誰かに頭を下げてでも、見たい景色、笑顔を見る。それが夢であり、生きる目的だった。

ヒーローになれなくてもいい。嶋岡先生と出会って、1人じゃ叶えられない夢も誰かと一緒なら叶えられそうな気がした。

クラウド
ファンディングが
スタートした

近藤と嶋岡先生に手伝ってもらえることになり、あとはなんとか残り400万円を集めることができれば、カンボジアに病院を建設して、赤ちゃんとお母さんの命を守ることができる。

残りの400万円をどうやって集めるか考えた時、インターネットで寄付を募るクラウドファンディングに目をつけた。
お金をどうやって集めるかよりも、単純に「協力したいな」と思ってもらえるような、寄付してよかったと協力が広まるようなプロジェクトを考えることに尽力した。

ただ、協力してもいいプロジェクトをつくるのは難しかった。
「協力してもいいと思えるプロジェクトって、どんなものだろう？」と考えたが、答えが出ないので、とりあえずプロジェクト紹介ページの文章を書いて近藤に見せた。
近藤は優しいから「うーん、まぁいいんじゃない？」というなんとも言えない反応だった。

これじゃあ、ダメだと、何回も推敲するも、納得する文章が書けなかった。**書きたいことが多すぎて、うまく書こうとしすぎて、何が伝えたいか、わからない文章になっていた。**

僕には、文章を書く時、1つだけ基準がある。
それは自分が感動するかどうかだ。
文才がある人なら、感動する文章をスラスラ書けるのだろう。
だけど、僕はその書き方がわからない。

だから、その基準を達成するまで、何十回でも、何百回でも書き続けるしかない。

本を書く時もそうだった。
文章が書けない時に気分を変えようと思い、梅酒をがぶ飲みして、酔っ払って書こうとした。
走って息を切らしたら書けるかもしれないと、ダッシュを繰り返して、息も絶えだえの状態でパソコンに向かった。
爆音で音楽を聴いたら何かインスピレーションをもらえるかもしれないと、ヘッドホンで、ガンガンに音楽を鳴らして書いた。
どれも失敗した。**結局、いつもただだだ書き続けた。**

今回もそうだった。
だけど、なかなか完成できず、段々と辛くなった僕は、近藤の優しさに甘え、自分が感動するかどうかの基準をだんだん下げはじめた。

「もうこれでいいかな」と、一旦書き上げたものを与那国島の診療所で所長さんに読んでもらうと、「多分、多くの人はいいと言うかもしれませんが、これは葉田先生の文章じゃないですよね」と核心をついたことを言われた。

そこから、悶々とする日々がはじまった。
朝起きてから、寝るまで「いい文章を書かなくちゃ」というプレッシャーに取り憑かれる。診療に支障が出ない範囲で、夜中まで文章を書き直すも、できない。
患者さんが来るかもしれないので、お酒を飲むわけにもいかず、悶々としながら、それでも書き続けた。

もう寝よう。
書き続ける生活に入って、2週間が経ったが、すっかり慢性的な睡眠不足だ。そして気づけば今日も午前3時。診療所の電気を消し、ベッドに向かった。
ところが寝ようとしても、文章を考えてしまって眠れない。
暗闇(くらやみ)の中、見上げた天井の木目を眺めながら、一瞬どうでもよくなった。
もういいや！　難しく考えるのはやめよう。

1番大事なことはなんだろう？
それさえ言えれば、もうどうだっていいじゃないか。

費用対効果(コストエフェクティブ)や持続可能性(サステナビリティ)、プロジェクトの有用性、医療教育、保健ボランティアの強化、産前産後検診の増加、ワクチン接種の増加。
難しいことはいくらでも難しく言える。大人になって、医者になって、難しい用語はたくさん覚えた。だけど、そもそも、なんで、自分はこんなことをやっているんだろう。**何のために頑張っているんだろう。**

ベッドの中で、ふと泣いていたお母さんたちを思い出した。
そうだ、泣いている人がいるんだ。赤ちゃんの命がなくなっているんだ。それをどうにかしたかったんだ。

目的はいつも単純明快で変わらなかった。ただ、赤ちゃんの「命」を救って、お母さんの「涙」を止めたかったんだ。そのために、アホみたいに恥をさらしながら、やってきたんだった。

早く気づけよと、今なら突っ込みたくなるが、ようやくそん

なことに気づき、電気をつけ、もう一度パソコンに向かい、取り憑かれたように、文章を書き直した。

越えなきゃいけない壁がいくつもあって嫌になるが、乗り越えなきゃいけないんだから、乗り越えるしかない。いつだって、あとになって、こうすればよかったと気づくけれど、諦めずに、最速で壁にぶつかり、方法を変え、失敗の中から成功の種を探して行動を続けるしかない。

「あーすればよかった」と気づくのはいつだって、行動のあとの結果からであって、行動がなければ、そんなことにすら気づかないのだから。

翌朝、書き直した文章を所長さんに見せた。
「葉田先生らしい文章になりましたね」と感想をもらい、泣きそうになった。

近藤にも見せると、「今回のすごい、いいね！」と気を使っていない返事が来た。この文章で、公表しようと思った。

これでお金が集まらなかったら、借金をして、バイトをしながら返すしかない。祈る気持ちで、「カンボジアの僻地に病院を建設し、8000人の命を守りたい！！」のプロジェクトページを公開した。

第4章 カンボジアの僻地に病院を建設し、8000人の命を守る

カンボジアで出会った女の子と妹

1人では何も
できなかっただろう

クラウドファンディングの準備は、地獄のようだったけれど、対照的に公開してからは、驚きと感謝と嬉しさがたくさんあった。

やれることはやりきった。学生でも寄付できるようにと、最低金額を1,000円まで下げた。ただ、公開して誰も寄付してくれなかったら、あまりに惨めなので自分で1万円寄付して、体裁を少しでも整えようと真剣に考えていたほど、不安だった。
そんな予想に反して、3日で150万円の寄付を集めることができた。
そして、いただいた応援コメントも1つ1つが嬉しくて、本当に泣けた。

メッセージの中で1番驚いたのは「こういった活動に参加できて、寄付できて嬉しかったです。ありがとう」と感謝されたことだった。

僕は学生時代、ゴミ拾いのバイトやGAPで販売員のバイトをしていた。時給分の880円を稼ぐことすらとても大変なことだった。だからこそ、どれだけの思いや苦労のもと、寄付してくださったのかを想像すると、本当にありがたかった。

与那国診療所の所長さんや看護師さん、今までお世話になったいろいろな方、僕の本を読んでくださった方など、本当にたくさんの方が協力してくれた。

最終的には300人近い人々から400万円弱、寄付していただいた。

いろいろな思いを持って、大変な思いをして稼いだお金を寄付してもらっているので、いただいたコメントには、その人自身に向けて、夜中までかかりながら、心を込めて返事を書いた。

赤ちゃんを亡くして、泣いていたお母さんと出会って4年が経っていた。

いいニュースを伝えられるまでに、4年もかかってしまった。
僕でなければ、もっと大規模で、早く実現できたのかもしれない。
だけど、ようやくここまで来れた。

祖納(そない)の夕陽に虹がかかっていた。稚拙(ちせつ)な表現だけれど、本当に本当に綺麗だった。

ただただ単純に、こんな感じで、生きていけたら、幸せだろうなと思った。

クラウドファンディング ご報告

カンボジアの僻地に病院を建設し、8000人の命を守りたい!!
実施期間:2017年12月15日〜2018年1月26日(41日)
https://readyfor.jp/projects/NPOaozora

【支援について】

支援者数　290 名　※1

支援総額　4,837,000 円

手数料　　920,473 円

手数料内訳

　システム利用手数料（17.0%＋消費税）　888,073 円

　支援金早期入金サービスオプション料金　32,400 円

入金額　3,916,527 円

※1　下の画像に表示されている人数は303名ですが、複数回支援してくださった方がいるため、重複を除くと290名です。

Note
仲間から教えてもらったこと

・未来はわからないから、その時その時を全力で取り組む

・1人ではできないことも、みんなとなら達成できる

・真摯に行動を続けて、少しでも結果が出れば、手伝ってくれる人や応援してくれる人が、1人は現れる

・ボロボロになって覚悟を決めた時にだけ、救世主が現れる

・どうやったら成功するかを考えるより、どうやったら、人に貢献できるかを考えたほうがうまくいく

・失敗の中から成功の種を探して行動を続けよう

・やりたいことが形になるまで、4年ぐらいはかかる

・やりたいことをやるには、近道はなく、時間をかけて、途中休憩しながら、人に助けてもらいながら、それでも、真っすぐ毎日1㎜でも前進することが大切

第5章

笑顔の開院式へ

未来は今

2014年2月、カンボジアで生後22日の赤ちゃんを亡くしたお母さんに出会った。そこから、何かできることはないかと探し回ったら、4年も経っていた。

4年の間に、川原さんと出会った。長崎の日々があった。ワールド・ビジョンや離島の方々との出会いがあった。近藤と一緒にNPOを立ち上げた。救世主の嶋岡先生と出会い、クラウドファンディングでは多くの方に寄付していただいた。

はじめは、ずっと1人だった。それでも「これをしたい！」と言い続けていれば、RPGゲームのように何度も何度も跳ね返されながらも、だんだんと仲間が増えていった。

病院の開院式に向かうため、2018年2月、羽田空港で嶋岡先生と待ち合わせた。「もう、1人で行かなくていいんだなぁ」と思った。それだけでも、なんだか嬉しかった。

夕方、シェムリアップ空港に到着すると、すでにブティさんとクラウドファンディングの支援者15人がそろっていた。いただいた寄付がどうなったか見ていただこうと、高額出資者のリターンとして開院式への参加を設定していたのだ。

みんなで大型バスに乗り、移動している間に自己紹介をした。この日は遅かったので、ホテルに着くなり、早々に解散した。翌朝、午前4時頃に起きて、みんなで新サンブール保健センターの近くにある世界遺産のプレアビヒア寺院遺跡を見に行った。カンボジアの観光で「1番楽しいのは、何？」と聞かれたら、

僕はここを挙げる。

プレアビヒア寺院は、クメール人によって9世紀に建設されたヒンドゥー教の寺院だ。天空の遺跡とも言われ、実際、遺跡から眺める景色は、雄大そのものだ。

僕は朝日に照らされながらカンボジアのどこまでも続く緑豊かな平野を眺めていた。横には高校1年生になったミクさんがいた。嶋岡先生や後輩、近藤がいた。現役を引退した看護師さんがいた。助産師になるために大学へ通いはじめた方がいた。「やりたいことにチャンレジします」と言った女子大生がいた。みんなを見ながら、自分の行動や言動がウソにならないように、これからも真摯に支援活動を続けていこうと強く思った。

不思議なもので、人に影響を与えよう！　なんて少しでも思っているとまったく伝わらない。自分のやるべきことを、ただ目標に向かって、ガムシャラに突き進んでいると誰かが何かを感じてくれ、助けてくれたり、ともに歩んでくれる。

人は結果で判断する。それでも、結果が出ていない時に、信じてくれる人が、数パーセントでもいる。
「結果」は大切だけれど、そんな結果が出るまでの過程や出会いが、何より貴重だった。

プレアビヒア寺院での1枚

病院建設で
伝えたかったこと

実は、開院式のスピーチを依頼されていた。
だけど、これがなかなか思いつかない。考える時間はかなりあったはずだが深夜0時を回っても、どうしても思いつかなかった。
ブティさんや近藤と夜通し考え、午前2時頃、もう自分の気持ちに素直になるしかないと開き直った。朝方になって、ようやくスピーチが完成した。

2時間だけ寝て、ホテルの横にあった中華料理屋さんでフォーを食べ、新サンブール保健センターにみんなと一緒にバスで向かった。

老朽化した保健センターの横に、新築の保健センターが建っていて、村人が150人ほど集まっていた。
バスから降りると、病院のスタッフやワールド・ビジョンのスタッフ、村人など何人もの人から握手を求められた。

その中に、前回の訪問時にお会いした29歳のご夫婦がいた。お腹がふっくらしているので、「どうしたんですか？」と聞くと、「今、赤ちゃんがお腹にいます。この新しい保健センターで産むつもりです。ありがとう」とおっしゃってくれた。
とても嬉しかった。その言葉で、眠気も吹き飛んだ。
もうなんだか、泣きそうだった。

青空の下、真っ白な新しい保健センターの前で、開院式が開かれた。

新設したサンブール保健センター

加者は200人を越え、盛大なものだった。
現地の保健省の副大臣も出席され、スピーチを30分ほどしてくださった。
また、嶋岡先生やミクさんもスピーチをしてくださった。

よく晴れた青空だった。

サンブール保健センター
スピーチ

By Kota Hada

SPEECH

開院式でのスピーチ

チョムリアップソー(はじめまして)
クニョムチュモールコータ(私の名前は甲太です)
ソクサバーイテ？(元気ですか？)
(会場：ソクサバーイ)

はじめまして、僕の名前は葉田甲太といいます。
今日はお忙しい中お集まりいただき、本当にありがとうございます。
今日という日を迎えられたことをとても嬉しく思います。

たくさんの方のおかげで、今ここに立っています。
なぜ僕がここに立っているのか少しだけ説明させてください。

僕は2006年に、あるNPOを通して、コンポントム州にグラフィス小学校を建てました。
それが、カンボジアとの出会いでした。それ以来、カンボジアという国、カンボジアの人々が大好きです。
2006年から年に1〜2回、継続支援のためカンボジアに来ていましたが、2014年にあるお母さんに出会いました。

彼女は、生後22日の赤ちゃんを亡くしていました。
その話をする時はいつもワンワン泣いていました。

僕は日本人です。
みなさんはカンボジア人です。
信じている宗教とか、話している言葉も少し違うかもしれません。

でもそのお母さんの涙を見て、赤ちゃんを失った悲しみは日本でもカンボジアでも、世界共通なんだと、その時僕は思いました。

自分の赤ちゃんを亡くして、悲しくないお母さんはきっとこの世界にはいません。
だから僕はその涙を、ただ単純に減らしたいと思いました。

でも、いろいろ行動しましたが、結局自分ではなかなかうまくいきませんでした。

そんな時にNGO ワールド・ビジョンの谷村さんに出会いました。

今回の保健センターの建設は、ワールド・ビジョン・ジャパン、ワールド・ビジョン・カンボジアのスタッフにたくさんご協力いただき、スタートしました。

今回のプロジェクトを進めるにあたり、赤ちゃんを亡くしたお母さんにも会いに行きました。
実は今日も来てくれています。

赤ちゃんの話をする時にはやっぱり泣いていました。

残念ながらその赤ちゃんが戻ってくることは、現代の医学ではありえません。
だけど、その赤ちゃんが、その命をもって、次の赤ちゃんの命を助けてほしいと、僕たちに教えてくれたんじゃないかと思います。

そんなお母さんや赤ちゃんの悲しみを減らすには、保健センターが建って終わりではありません。

今日、ここに来ていただいた住民のみなさんや保健ボランティアの方々、保健センターのスタッフの方々、政府の方、NPOの方、すべての方の力が必要です。

新保健センター建設のお手伝いをさせていただきましたが、僕はヒーローではありません。

ヒーローは、赤ちゃんの命を守る、ここにいる、すべての人たちです。僕は、その中のたった1人にしかすぎません。

亡くなってしまった赤ちゃん。
今、天国で僕たちを見てくれているでしょうか？
どんな気持ちで見ていますか？
元気にしていますか？
今のこの景色はあなたが僕を通してつくったものです。

この新保健センターでうるさいぐらい、赤ちゃんの健康的な泣き声が聞こえて、そんな赤ちゃんを見て、お母さん、お父さんが笑顔になって、そして、兄弟、親戚が笑顔になることを、僕は夢見ています。

僕のことは忘れてもらって構いません。
村のみんなが健康に幸せに生きるサポートができたのなら、僕は幸せです。

僕は赤ちゃんの時、とっても体が弱くて、僕のお母さんは神様に頼むために何回も神社に行ったそうです。

そんな体の弱かった僕が今ここにいるのは、それはもしかしたら、神様が、僕を産んでくれた意味なのかもしれません。
僕を産んでくれた神様と母親にも感謝します。

そして関わっていただいたすべての方に感謝します。

みなさんの幸せと健康と涙が1つでも減ることを祈ります。
だからどんどん保健センターを利用してください。たくさん受診してください。健康診断にも来てください。

もう分娩中に天井が落ちることも、建物がグラグラ揺れることもありません。

今日は赤ちゃんの命を救う技術を教える日本の偉い先生も来てくれました。
素晴らしい保健センターのスタッフの方々もいらっしゃいます。

だから安心して受診してください。
いっぱい来てくれますか？

ここの保健センターがこうして完成するまで、スタッフの人は一生懸命頑張ってきました。ぜひ、今、拍手してあげてください。
(会場：拍手)

みなさんの笑顔や健康に貢献できたなら満足です。
僕の人生の中でそのお手伝いをさせていただきありがとうございました。

みなさんに涙ではなく、笑顔が溢れるようになりますように。
そして亡くなった赤ちゃんたちが今、天国から笑顔で見てくれていることを望みます。

ソクサバーイ(お元気で)
オークン(ありがとう)
ソクサバーイ(お元気で)！

第5章 笑顔の開院式へ

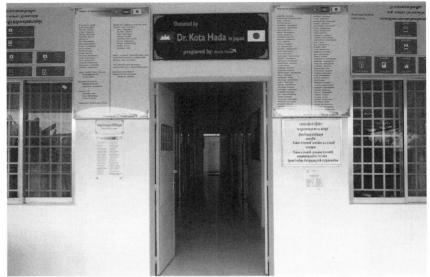

入り口にはカンボジアと日本の国旗が並んでいる

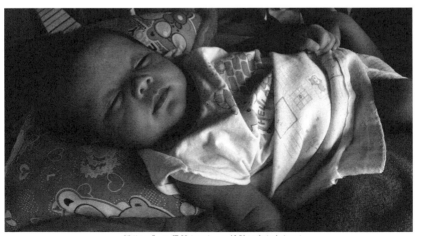

新サンブール保健センターへ検診に来た赤ちゃん

第 **5** 章 笑顔の開院式へ

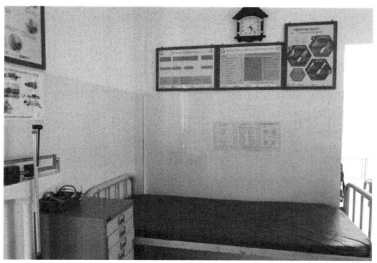

新サンブール保健センターの妊婦さんが出産したあとの経過観察室

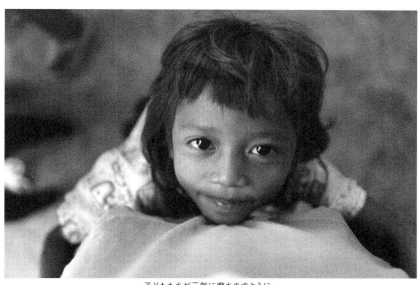

子どもたちが元気に育ちますように

僕たちは何のために
働いているんだろう

開院式のあと、現地の助産師さん向けに嶋岡先生による新生児蘇生法の講習会が行われた。
受講者の方が、知識を得て、理解して、行動して、赤ちゃんの命を救うまでがゴールだ。
そのためには、現地の方法に合わせた新しい新生児蘇生法をつくる必要があった。

新サンブール保健センターの1階で、即席のスクリーンにクメール語で書かれたパワーポイントを投影した。
その後、赤ちゃんが生まれてから蘇生までのシミュレーションを現地の助産師さんと共に勉強した。

当初、受講生は8名ほどを予想していたが、噂を聞きつけた近隣の助産師が当日飛び入り参加して、20名ほどに膨れ上がった。
講習会はおおいに盛り上がり、みんな真剣に学んでいた。

すべてのプログラムを終え、夕方になった時、嶋岡先生の顔が少し引き締まり、講習会の締めをはじめた。

「なぜ、新生児蘇生法を行うか」という質問が発端だったと思う。
赤ちゃんが亡くなったと判断し、処置を止める基準について先生は現地の助産師さんたちに尋ねた。

パラパラと手が挙がり「20分蘇生してダメだったら、諦め

ます」「人工呼吸がダメだったら……」「心拍数が……」などの答えが出た。嶋岡先生は黙って聞いていた。

助産師さんも、僕も意図が読めずに、困惑した。
嶋岡先生は、さらに尋ねた。
「もし自分で生んだ赤ちゃんが、蘇生法を20分間行って、反応がないから止めますと言われたら、納得して同意しますか？」

「いや、続けてほしい」「20分経って、心臓が動いていないなら諦める」など、現地の助産師さんの意見は割れた。

嶋岡先生は、そのやりとりをじっと聞きながら、最後に口を開いた。
「たしかに、赤ちゃんを見送っていい基準が、一部では20分と決められています。最善の準備をして、最新の知識をもって蘇生にあたったのなら、見送ることができる。でも、それができていないのに、赤ちゃんを見送ることには、僕は賛成できない」と、優しい顔をしながら伝えていた。

そして、座学とは違うスライドを使いながら、説明を続けた。大きな構造物が空高く伸びている1枚の写真に文字が浮かんでいた。

"How high is it?"
（実際に赤ちゃんを救うことは、どれだけ難しいのか。私たちの目標は、実際にどれだけ高いのでしょうか？）

次のスライドには、広大な荒野が映し出されていた。

"How far is it?"
（実際に、赤ちゃんを救うために、医療従事者が身につけなければいけない知識はどれだけ広いのでしょうか？）

現地の人も、日本から来た僕の後輩２人も、僕も真剣な顔をして聞いていた。

次のスライドは、子どもがイライラして、頭を搔きむしっている写真だった。

"We are lost sometimes, conflict and drop of motivation"
（そんな高い目標や最善の知識、最高の技術を身につけるのは、大変です。全力を尽くしても、結果が出ない時もあるでしょう。時々何をしているのかわからなくなるかもしれません）

「そんな時は、どうか自分自身に聞いてみてください。
What are you working for? （あなたは、何のために働いているのか？）」
と嶋岡先生が続けた。

最後のスライドには、お母さんが赤ちゃんを抱きながら笑顔になっている写真と文字が映し出されていた。

"This is what we are working for."
（これが私たちが働いている理由です）

「僕たちが働いているのは、新しい技術や知識を身につけるのは、このお母さんと赤ちゃんや家族の笑顔のためです。もし、いろいろな困難があり、忘れそうになったら、このことを思い出してください。僕たちは、赤ちゃんやお母さんのために、技術や知識を身につけているんです」

助産師さんたちは、泣いていた。
今までの辛い経験やいろいろなことを思い出して、泣いていたのかもしれない。

最後に嶋岡先生は「赤ちゃんの命を救うことは、この国の未来を救うことです。僕はあなたたちのことを誇りに思います。一緒に勉強していきましょう。これからも赤ちゃんを救ってください」と言って講義を終えられた。

講習会のあと、修了証を1枚1枚、現地の助産師さんに渡した。
ある助産師さんが、修了証を受け取りながら、ひとこと言わせてくださいと話しはじめた。
「遠いところからわざわざ来てくれてありがとうございました。これから教えていただいた技術や知識で、赤ちゃんの命を救おうと思います」

「あなたは何のために働いているのか？」は、僕自身にも問われているような気がした。

こんな単純なことも、日々の忙しさで見えなくなることがあった。
難しい方法論ばかりに目がいき、それが目的化することもあった。

何のために働いているのか、何のために行動しているのか。
「現実は……」「実際は……」「世の中は……」と何回も言い訳をしたかもしれない。
だけど、そんな難しい方法論の前に、いつだって僕たちは誰かの笑顔のために行動しているのだ。

そんな単純なことだけど本当は大切なことを、いつまでも覚えていたいと思った。

第5章 笑顔の開院式へ

講習会を受けた現地の助産師さんと一緒に

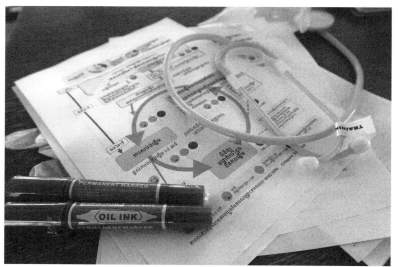

クメール語の教材

講習会で真剣に学ぶ助産師さんたち

第5章 笑顔の開院式へ

真剣にメモを取る現地の助産師さんたち

新生児蘇生法のワークショップ

ふたたび
建設した小学校へ

その日の夜、ワールド・ビジョンのスタッフの方々や支援者のみなさんと一緒にカンボジア名物の焼肉を食べるという盛大な打ち上げを開催した。
なぜかわからないけれど、嶋岡先生がギターを弾きながら、僕たちは音程を外しながらTHE BLUE HEARTSの「青空」を熱唱した。
ツアー参加者の方々には、プロのドラマーの方がいたので、むちゃくちゃ恥ずかしかった。
開院式の青空とみんなの笑顔が頭の中に浮かんだ。
講習会や開院式が一応うまくいって、タガが外れたようだった。

むちゃくちゃな飲み会の翌朝、午前4時に起きて、僕が学生の時に建てたグラフィス小学校にみんなで向かった。

バスに乗って5時間移動し、午前10時頃に小学校に到着した。
子どもたちとツアー参加者の方々が笑顔で楽しそうに、綱引きなどのアクティビティを通して交流してくれていた。
手洗い指導の一貫で、小さい子どもたちにも手洗いの必要性をわかってもらえるような寸劇を行った。
元気な子どもたちの声が小学校に響いていた。

僕は1人、学校を抜け出し、生後22日で亡くなった赤ちゃんのお墓に向かった。
大学生の時にカンボジアと出会うまで、僕は普通の人生を歩

んできた。何が普通とするかは難しいけれど、少なくとも特別秀でていることは何もなかった。

2014年、グラフィス小学校の継続支援を続けていた時、赤ちゃんを亡くしたお母さんに出会った。その出会いから人生が変わっていった。小学校建設や本の出版、映画化というきらびやかな世界で勘違いして調子に乗っていた僕がいる一方で、カンボジアでは生後22日で亡くなった赤ちゃんがいた。

4年間、ずっとガムシャラに行動したつもりだったけれど、すごい人ならもっと大きな結果を残せたかもしれない。
もっとスマートに行動できたかもしれない。

そんなことを考えながら、赤ちゃんのお墓に手を合わせた。

天国の
赤ちゃんへ

22日間の人生は、どうだったでしょうか。
お母さんに抱っこされて、幸せだったでしょうか。
もっと長く生きたかったでしょうか。

僕が29歳の時、あなたのお母さんに出会いました。

お母さんはワンワン泣いていました。
あなたのことを僕に話されている時も、ずっと泣いていました。
あの時、僕はその姿をただ見ていることしかできなかった。
そして今、僕にも子どもができました。とても愛しい宝物です。
今なら、あなたのお母さんの気持ちが少しわかります。

人を幸せにすることは、とても難しいことです。
人の幸せは、もちろん人それぞれです。

お母さんの「涙」を減らせるように。
赤ちゃんの「命」を救えるように。
僕の力だけでは、到底無理だけれど、みんなと力を合わせて、これからも活動を続けていこうと思います。

「そんなことをしても意味ないよ」と笑う人がいるかもしれない。
だけど、どれだけ小さい行動だったとしても、目の前の人を笑顔にすることなら、きっと貢献できるかもしれません。

世の中には、いろいろな価値観があって、人それぞれの幸せがあるでしょう。

高級料理を食べたら嬉しく感じ、スポーツカーに乗れたら幸せな気持ちになれるかもしれません。

だけど、そういったモノとかお金とかと別の幸せが、僕の中にはあるような気がします。

泣いていた人が、笑ってくれた時に
辛かった人が、笑ってくれた時に
生きていてよかったなと思います。
嬉しくて涙が出そうな瞬間があります。
笑顔が止まらなくなる瞬間があります。
その瞬間は、いつも自分がしたことで、人が笑ってくれた時や誰かがそばにいてくれた時でした。

僕はもうおじさんになって、経験も知識も増えて、お腹も少し出てきて、いろいろな幸せ、それこそ俗物的(ぞくぶつ)な幸せも両方知っているけれど、だけどやっぱり、笑顔が止まらなくなる時に感じる幸せは、あまり変わりませんでした。

綺麗事だとか、中2病だとか、イタイ奴だとか言われ、笑われたって、笑顔が止まらなくなる幸せは、やっぱり変わりませんでした。

世界は広大で、国はもちろん、地域ですら、僕には変える力がありません。
それでも、たくさんの思いを込めて行動すれば、それを見た人が、何かを感じて行動してくれることを、離島で出会った中学生のミクさんが教えてくれました。
そしてそんな大切な気持ちを、もう一度、あなたやあなたのお母さんが、いろいろな経験を通して、教えてくれました。

自分の能力に限界があることも知っています。こんな偉そうなことを言える立派な人間ではないことも知っています。

だけど、それを伝えていこうと思います。
こんな本でも、楽しみにしてくれている人が、1人はいるだろうから。

どこかの会社で、どこかの学校で、どこかの病室で、何かを感じてくれる人が、1人でもいるかもしれないから。
その1人が、何かを変えてくれるかもしれないから。

この活動を続けていこうと思います。
今は、タンザニアの病院建設プロジェクトの話が出ています。

大変そうだけれど、いろいろな人が、いろいろなことを言うけれど、生きたくても、生きられなかった人に比べれば、僕の苦労など、足元にも及ばないだろうから。

そして、そんな生き方が、本当は何より、幸せな気もするから。
やっぱり僕は、笑われても、真剣に生きていきます。

大切なことを教えてくれて、どうもありがとうございました。
みんなのチカラで笑顔をつくれるように、頑張ってみます。

天国の赤ちゃん。
おそらく、50年もしないうちに、僕もそっちに行きます。
いつか会うことができたら、その時は、どうぞよろしくお願いします。
小さい頃、お医者さんを目指した時の大切な気持ちを思い出させてくれてありがとうございました。

第5章 笑顔の開院式へ

生後22日の赤ちゃんを亡くした夫婦と一緒に

エピローグ

医学は科学だから、僕は一介の医師として論理的に数字で示さなきゃいけない側面がある。

お腹が痛い患者さんがいたら、かわいそうだな、楽にしてあげたいなと思う気持ちと、科学的な判断をする冷静さの両方が大切だ。

「いろいろ言っているけれど、実際に赤ちゃんは救えているのか？」
「自分がやったことは、意味があったのだろうか？」
そんな根本的な疑念は、病院建設後も僕の頭から消えることはない。

2018年10月、新サンブール保健センターを再訪した。

2017年2月から2018年7月の期間で旧保健センターと比較すると、外来患者数は3,903人から5,209人と1,306人、分娩数は22人から40人と約2倍に、ワクチンの摂取者数も約1.3倍と増加した。

開院式に出席していた当時29歳のお母さんも、新保健センターで無事に赤ちゃんを出産された。呼吸ができない状態で生まれてきた赤ちゃんは、講習会で新生児蘇生法を身につけた助産師さんやスタッフの手により救われ、元気に生きている。

エピローグ

新保健センターで新しい命が誕生

僕はこれからもいろいろな方に助けてもらいながら継続的に支援をして、現地の方々と協力して、赤ちゃんの命を救うお手伝いをしていきたいと考えている。今では、グラフィス小学校でも子どもたちの検診や2歳以下の赤ちゃんを持つお母さんへの栄養指導も助産師さんと続けている。

もし「葉田、おまえのやっていることなんて、自己満足でまったく意味ないよ」と言われても、今なら「そんなことはない」と言える。
1人以上の赤ちゃんをみんなの力で救えたのは事実だから。
命を救えたことが、まったく意味のないことなんて絶対ないから。

2018年に新保健センターで生まれた双子の赤ちゃん

あとがき

当たり前だけれど、この本は一字一句僕が書いた。だけど、その内容のほとんどは、日本やカンボジアで、NPO活動を通して出会った方や指導してくださった先生、患者さん、関わっていただいたすべての方が、僕に教えてくれたものだ。

まだまだ僕は成長していかなくちゃいけない。日夜頑張っている医療関係者のことを考えると、とても大それたことを本書には書いているかもしれない。

有名になりたい気持ちなんてない。臨床医の僕にとって有名になることはほとんどメリットなんてない。だけど、誰かに何かを伝えるためには、ある程度こうやって本を書くことや世に出ることも必要なのかもしれない。

新生児集中治療室（NICU）や僻地医療など、ある意味ワーキングバランスを無視した働き方で、命や健康を守ってこられた先輩方がいる。
僕は、その人たちに頭が上がらない。珍しいことをしているが故に、時々「すごいですね」などと言われるけれど、そんな先輩方のことを考えると、僕はまだまだ足元にも及ばない。

個人的な思いを言わせてもらうと、ガッカリされるかもしれないけれど、正直なところ、僕は国際協力をしている感覚も、世界をよくしようとか、そんな崇高な心はない。

ただ目の前に困っている人がいて、泣いている人がいて、その人の力になれたら嬉しいなと思って、日々、日本やカンボジアで働いている。
僕は今、1年のうち、10か月ほど日本の僻地などで医師として働き、残りの2か月ほどNPO活動をしている。

今の日常を円グラフにすれば、臨床医とNPO活動、家族との時間の3つしかない。みんなが羨むキャリアではないかもしれないけれど、僕はとても満足している。

綺麗事かもしれないけれど、やっぱり人が笑顔になった瞬間が、1番好きだ。そんな瞬間を少しでも多くつくれるように、まだまだ努力が必要だけど、頑張ってみたいと思う。

自分のためだけに行動していると、つらいことが起こった時、乗り越えられなかった。
誰かのためだけに行動していると、残念だけれど僕には、長く続けられなかった。
自分と誰かのために行動した時だけ、つらいことを乗り越えることも長く続けることもできた。
いつだって、うまくいくのは、自分と誰かのために行動している時なのかもしれない。

そして、現地にとって必要なのは、決して僕たちがヒーローになることではなく、現地の方々がヒーローになることだった。

あとがき

小さい頃、思っていた未来と違っていたとしても、そこに誰かの笑顔があるのなら、それはそれで素敵なことなんじゃないかと思う。

大人にはなったけれど、未だに僕は学生の時と変わらずに、こんなことをやっています。
無責任だけれど、あなたの人生が、幸せでありますように。
どうも、ありがとう。

葉田 甲太

Thanks

クラウドファンディングで
ご協力いただいたすべての方々

長崎大学熱帯医学研修課程で
お世話になったすべての方々

地域医療でお世話になった
すべての方々

NPO法人あおぞらにご協力いただいた
すべての方々

NGOワールド・ビジョン・ジャパン
谷村美能里さん
松岡拓也さん

NGOワールド・ビジョン・カンボジア
すべてのスタッフの方々

NPO法人あおぞら
近藤翼
嶋岡鋼先生
中西貴大
大竹恵実

この本を読んでくれたあなた

参考資料

Lawn, J.E., et al.(2005). 4 million neonatal deaths: when? Where? Why? Lancet, 365(9462), 891-900.

Pattinson, R., Kerber, K. & Buchmann, E., et al. (2011). Stillbirths: how can health systems deliver for mothers and babies? Lancet, 377, 1610-23.

Ronsmans, C., et al. (2010). Effect of parent's death on child survival in rural Bangladesh: a cohort study. Lancet, 375(9730), 2024-2031.

UNICEF. (2013). Improving Child Nutrition : The achievable imperative for global progress. UNICEF.

IMF WEO. (2016). Cambodia Socio-Economic Survey, National Bank of Cambodia.

UNICEF世界子ども白書2017

2017年　IMF推定値

2018年　WHO世界保健統計

参考URL

https://shingakunet.com/journal/career/20170327184903/
https://share.or.jp/health/knowledge/tba.html
https://www.teikokushoin.co.jp/statistics/world/index67.html

著者紹介

葉田甲太 (はだ・こおた)

医師（総合診療医）。NPO法人あおぞら代表。関西学院大学　非常勤講師。
1984年、兵庫県生まれ。2005年、大学生の時に150万円でカンボジアに小学校が建つことを知り、仲間とともに実現。その体験を綴った『僕たちは世界を変えることができない。But, we wanna build a school in Cambodia.』（小学館）は東映より、監督：深作健太、主演：向井理で映画化された。
2014年にカンボジアの僻地で赤ちゃんを亡くしたお母さんと出会い、離島や僻地で総合診療医として勤務し、2018年2月にカンボジアのバンティ・ミエンチャイ州にサンプール保健センターを建設。2019年5月より「タンザニアに新病院を開院し、5万人の命を守るプロジェクト」を開始。
著書、『僕たちは世界を変えることができない。But, we wanna build a school in Cambodia.』、『それでも運命にイエスという。』（ともに小学館）は台湾や韓国でも出版され、累計10万部となっている。2018年地域支援大賞受賞。

Twitter：@ KotaHada
写真提供：安澤貴大・黒田淳一・中西貴大・森あんな・NGOワールド・ビジョン

僕たちはヒーローになれなかった。　〈検印省略〉

2019年 11月 27日　第 1 刷発行

著　者────葉田　甲太（はだ・こおた）
発行者────佐藤　和夫
発行所────株式会社あさ出版
　　　〒171-0022　東京都豊島区南池袋2-9-9 第一池袋ホワイトビル6F
　　　電　話　03 (3983) 3225（販売）
　　　　　　　03 (3983) 3227（編集）
　　　F A X　03 (3983) 3226
　　　U R L　http://www.asa21.com/
　　　E-mail　info@asa21.com
　　　振　替　00160-1-720619

印刷・製本　(株)光邦

facebook　http://www.facebook.com/asapublishing
twitter　　http://twitter.com/asapublishing

©Kota Hada 2019 Printed in Japan
ISBN978-4-86667-161-1 C0030

本書を無断で複写複製（電子化を含む）することは、著作権法上の例外を除き、禁じられています。また、本書を代行業者等の第三者に依頼してスキャンやデジタル化することは、たとえ個人や家庭内の利用であっても一切認められていません。乱丁本・落丁本はお取替え致します。

この本の印税は全額、
NPO法人あおぞらを通じて、
母子の命を守る保健活動に
使わせていただきます。

★ あさ出版の好評既刊 ★

人間は、人を助けるように できている

服部匡志 著　四六判　本体1,400円+税

「幸せかどうかは自分で決めること」
このことに気づければ
世間の価値観や他人に依存せず、
生きる幸せを自分で考え、感じることができるだろう。
ベトナム、ラオス、カンボジア──
目の不自由な人々を無報酬で救い続ける
1人の眼科医の物語。

★あさ出版の好評既刊★

注文をまちがえる料理店

小国士朗 著　四六判　本体1,400円+税

忘れちゃったけど
まちがえちゃったけど
まあいいか。
まちがえることを受け入れて
まちがえることを一緒に楽しむ
「認知症を抱える人」が接客する
不思議であたたかいレストランの物語。

★ あさ出版の好評既刊 ★

神様がくれた
ピンクの靴

「奇跡のシューズ」をつくった小さな靴会社の物語

佐藤和夫 著　　四六判　　本体1,400円＋税

「神様にお願いしたの。毎日、毎日。
そしたらね、ほら、歩けるようになったのよ」
「こんな素敵な靴をありがとう。枕元に置いて寝ます…」
——リハビリ靴、介護シューズの専門メーカーである
徳武産業の人々と、そのお客様たちの、
奇跡のようなエピソードです。